KB246714

오십부터는
단순하게
사는 게 좋다

오십부터는 단순하게 사는 게 좋다

이근후 지음

90세 정신과 전문의가
깨달은 늙지 않는 마음의 비밀

21세기북스

고마움뿐인 생의 고백

나는 이 책의 원고를 즐겁고 감사한 마음을 담아 썼다. 즐겁다고 한 것은 시력을 잃은 중증 장애인인 내가 책을 낼 수 있다는 게 즐겁다는 뜻이다.

처음 시각에 장애를 느끼기 시작했을 때는 불편하고 고통스러워서 때로는 우울함에 빠지기도 했다.

평소 좌절과 실패감에 쌓여 고통받는 많은 분께 '그럼에도 불구하고'라는 말로 위로와 용기를 주려고 노력해왔다. 그런데 정작 내가 그런 고통에 빠져 우울감 속에 지내다 보니 문득 이런 생각이 들었다. 남들한테는 '그럼에도 불구하고'라는 말을 수도 없이 권했으면서도 정작 나 자신에게 그런 말을 해본 적이 없으니 어리석다고 말이다.

그래서 이 책을 쓰면서 나는 나 자신에게 '그럼에도 불구하고'라는 말을 해주었다. 그리고 그 한마디에 다시 일어설 힘이 생겼다.

내가 원고를 쓰는 방법은 이렇다.

먼저 내용을 말로 하면 나를 도와주는 분이 타자해서 완성된 원고를 읽어주고 이를 다시 한번 정리하여 완성한다. 이런 고마운 분을 곁에 두었으니 '그럼에도 불구하고'가 선물해준 인연이 아닌가 싶다. 그 고마운 분은 민병인 선생이다. 여기에 함자를 적어 알리는 것은 나의 고맙고 고마운 마음을 전하기 위해서다. 감사합니다!

과거의 졸저를 읽어주신 독자 가운데 이런 질문을 하는 분이 많았다.

"선생님은 아무런 준비도 하지 않고 즉문에 즉답하시니 어떻게 그렇게 할 수 있나요?"

내가 하는 강연이나 쓴 글을 읽고 그런 궁금증이 생기신 듯하다. 그분들 보기에는 주저함 없이 현장에서 답변이 술술 나오니 그게 신기했나 보다. 나는 그런 분들에게 항상 이렇게 답변했다.

"준비 안 한 것 같지요? 사실 얼마나 준비를 많이 하는지 모룹니다. 지금까지 90년을 살아오면서 배우고 익히고 경험한 내용이 응축된 많은 자료 가운데 하나가 지금 이 자리에서 즉답으로 표현되니 그렇게 느낄 수도 있겠습니다. 90년 세월이 가져다준 내 마음의 나이테 일부를 말씀드리는 것이니 즉답입니다."

그렇다. 아무리 짧은 시간이나 짧은 글이라고 하더라도 준비 없이 할 수 있는 것은 하나도 없다.

되돌아보면 90년 세월 동안 나에겐 감사하고 감사한 일들로 가득하다. 나라고 해서 왜 우여곡절이 없었겠는가? 그럼에도 불구하고 여기, 이 시간까지 올 수 있었으니 이 얼마나 고마운 일인가!

지난 나의 세월에도 감사한 마음을 전한다. 옛말에 "모든 일에 감사하라"라는 말이 있다. 젊었을 때는 감사할 일과 감사하지 않은 일이 따로 있다고 생각해서 모든 일에 감사하라는 말이 그저 의문이었다. 지금 와서 생각하니 감사할 일이 따로 있는 것이 아니다. 따지고 보면 감사하지 않은 일은 없다. 그때는 내가 미련하여 감사하지 못할 일이라고 분별했으나 지금 와서 생각하니 어리석기 그지없는 일이다. 지금이라도 그런 통찰을 할 수 있었으니 다행한 일이다.

그저 마음먹기에 따라 삶이 달라진다는 것은 누구나 아는 생각이다. 좋은 마음을 가지면 사물의 모든 것들이 감사하고 좋은 일로만 가득 채워질 것이고, 나쁜 마음을 가지면 바라보는 모든 사물이 나쁘게만 보일 것이다. 나쁜 마음도 내 것이고 좋은 마음도 내 것이니 그 둘이 잘 어우러져 우리 삶의 동반자가 된다면 감사의 날들이 이어질 것이다.

고마운 일을 찾는 게 아니라 고맙게 여길 줄 아는 마음이 중요한 것이다. 이 말은 내가 모든 일에 감사하다는 통찰을 한 번 더 강조해주는 말이기도 하다.

내가 아는 모든 인연에 감사하고 감사한 마음을 전한다.

2025년 여름
이근후

6장 노후 걱정
-불안은 미래에서 오지 않는다

7장 마음 챙김
-마음의 병에도 골든타임이 있다

1장

불안과 무기력

나를 허무하게 하는
한 가지를 찾아내기

＊

늙어가는 마음이 오십 이후 불안, 무기력,

우울로 나타나는 과정과 이를 다스리는 법

마음의 성숙과 마음의 노화

마음도 늙을까? 몸과 마음은 하나라고 했으니 몸만 늙고 마음은 늙지 않는다는 것은 애초에 맞지 않는 말이다. 마음과 몸이 늙는 것은 우주 만물의 이치라고 할 수 있다. 그렇다면 마음이 늙는 것은 어떻게 알 수 있을까. 어쩌면 무기력한 마음을 그 흔적이라고 볼 수 있지 않을까. 기력을 잃는다는 것은 행동하는 힘을 잃게 되는 것이니, 그것을 마음의 노화로 봐도 되지 않을까 싶다.

몸의 노화는 신체가 성장 호르몬의 영향권에서 벗어나면서 시작되는 명확한 흐름이 있지만, 마음은 몸과 같은 뚜렷한 변화를 관찰하기 어렵다. 이유는 단순하다. 몸의 변화는 우리의 오관을 통해 직접 판단할 수 있지만, 마음이란 겉으로 쉽게 드러나지 않기 때문이다.

그렇다고 마음의 변화를 전혀 알지 못하는 것은 아니다. 나뭇잎이 흔들리는 것을 보고 바람을 알 수 있는 것처럼 마음도 어떤 생각을 하는지, 어떤 행동을 하는지, 어떻게 느끼는지 감각을 통해 간접적으로나마 이해할 수 있다.

우리가 흔히 하는 말 중에 "어른스럽다"라는 말이 있다. 이 말은 "누구 또는 무엇에서, 어떤 특성이 단계를 거쳐 일반적으로 기대되는 정도에 다다름"을 말한다. 그러나 성숙은 상대적인 용어다. 미숙한 것에 비해 상대적으로 우위에 있다는 뜻이다. 경직된 것보다는 유연한 것이 상대적으로 성숙에 가깝다. 상황에 적응하는 능력이 미숙한 것보다 뛰어난 것이 상대적으로 성숙한 자세다. 이렇듯 성숙이란 어느 한 점에 머무는 것이 아니고 항상 상대적으로 비교되는 진행형이다. 그리고 주관적이다. 따라서 성숙을 가늠할 수 있는 객관적인 기준은 늘 모호하다. 이에 비해 몸은 성장이 끝나면 성숙하다고 할 수 있다. 이런 조건을 안고 있으니 사람마다 성숙함을 보는 시각이 다를 수밖에 없다.

심리학에서는 사람의 인격 발달을 계단처럼 설명한 가설들이 많다. 비슷한 용어로 자기실현, 통정, 생산성, 높은 적응력, 도의 경지와 같은 표현들이 성숙과 밀접한 관계가 있다. 이런 여러 가지가 노화와는 다른 점이다. 노화가 자연적인 흐름의 이치라면, 성숙은 인위적인 노력이 필요하다. 마음을 갈고 닦아야 성숙에 이르는 것이니 이를 게을리한다면 노화를 촉진하는 것과 다름이 없다. 그래서 나는 성숙이라는 말 대신 지혜롭다는 표현을 쓰고 싶다.

지혜로움이란 사물의 이치나 상황을 제대로 깨닫고 그것에 현명하게 대처할 방도를 생각해내는 정신의 능력이라고 했다.

이런 말이 생각난다. "너희들은 늙어봤어? 난 젊어봤어." 무슨 뜻일까? 아마 해석하는 사람마다 다를 것이다. 어떤 이는 그저 늙음에 대한 한탄으로 해석할 수도 있고, 아니면 나이 들어보니 젊음이 부럽다는 뜻으로도 해석하는 이들도 있을 것이다. 나는 이렇게 해석하고 싶다. 젊었을 때 많은 경험을 통해 지혜를 얻으라고. 그 얻어진 지혜를 충분히 뜸 들이며 잘 익혀가라고. 그러다 보면 비록 몸은 나이 들었어도 점점 성숙해지는 마음을 가진 자신의 모습을 보게 될 것이라고.

나이 듦과 불안

불안이란 걱정되어 마음이 편하지 않은 상태를 말하는데 이는 일반적인 정의다. 정신의학 사전에서 말하는 불안은 일반적 정의보다 좀 더 구체적인데 두려움, 염려 및 당장 어떤 재해가 닥칠 것 같은 엄청난 느낌을 말한다. 이를 좀 더 부연하자면 미래에 어떤 상황이 자신에게 위해를 가하지 않을까 하는 막연한 걱정이 지나친 것을 불안이라고 한다.

그렇다면 사람들은 언제부터 불안을 느끼기 시작했을까? '걱정도 팔자'라는 말처럼 불안은 타고나는 것인지도 모르겠다. 지금까지의 많은 연구를 보면 불안은 정말이지 사람이 태어나는 순간부터 생을 마감할 때까지 안고 지니는 것임에는 틀림이 없다.

그 불안의 핵심은 생을 마감하는 죽음이다. 그러나 이 죽음에 대한 불안도 나이에 따라 그 양상을 달리한다. 이 세상에 갓 태어났을 때는 죽음이 무엇인지도 알지 못하는데 삶의 경험을 쌓아가면서 죽음의 뜻을 알게 되고 죽음의 불안에 대한 적응 방식을 터득해가면서 나이 들어간다.

비록 죽음에 대한 불안이 인간 심리의 밑바탕에 공통으로 깔려 있기는 하지만 나이에 따라 그 불안에 대처하는 방식은 조금씩 다르다. 죽음이 무엇인지 모를 때는 불안의 크기가 크지 않을 것이다. 살면서 주변의 죽음들을 목격하는 일이 생기면 죽음에 관한 생각도 달라지고 이를 받아들이는 양상 또한 다양하지만, 아예 모를 때와는 판이하게 다를 수밖에 없다.

한마디로 요약한다면 나이가 들어갈수록 느끼는 불안의 실체는 죽음에 대한 불안이라는 것이 뚜렷해진다.

사람은 태어나서 마감할 때까지 다양한 삶의 모습으로 살아간다. 엄밀하게 말하면 하루하루 삶에서 경험하는 상황은 비슷한 느낌은 있지만 똑같지는 않다. 그러니 항상 새로운 상황에 직면하여 적응해야 하니 불안은 가실 날이 없을 것이다. 불안의 종류는 많다. 특히 새로운 상황에 부딪치면 이 상황은 언제나 우리에게 불안을 안겨준다. 새로운 것이니까. 새로움에 대한 경험이 없으니 불안할 수밖에 없다. 우리가 일상에서 불안을 느끼지 않는 상황이 있다면 그것은 살아가면서 겪어온 비슷한 경험을 통해 불안을 극복해서 마치 불안이 없는 것처럼 착각한 것뿐이다.

삶에도 시작과 끝이 있으니 나이가 든다는 것은 다른 말로 하자면 삶의 종점에 접근하고 있다는 말이 된다. 삶은 간추려 죽음에 이르는 길이라고 생각해도 틀린 말은 아닐 것이다.

나이 들어갈수록 죽음에 대한 인식이 어떻게 달라지고 있는지 되돌아볼 수 있다면 그 불안의 근저에는 죽음이 존재하는 것을 쉽게 알 수 있다. 죽음을 즐겁게 생각하는 사람은 아무도 없다. 이 불안한 느낌을 늦추거나 감추기 위해서 취할 수 있는 적응 방법은 죽음이라는 생각에서 피해가는 것이다.

죽음에 관한 연구 가운데 이런 학설이 하나 있다. 죽음에 이르면 첫 번째로 반응하는 감정은 거부다. 죽음이 나에게 온 것이 아니라고 거부한다. 죽음이 앞에 놓인 현실적인 상황이라면 거부하고 외면한다고 살아지는 것이 아니다. 그래서 두 번째로 느끼는 감정은 우울이다. 되돌아보면 아쉽기도 하고, 허무하기도 한 오만가지 느낌이 뒤섞여 우울해진다. 그러나 곧 우울한 느낌도 잠깐, 피할 수 없는 현실이라는 것을 인정하게 된다. 이러한 인정은 자신에게 닥친 죽음을 비로소 직시할 수 있다는 뜻이다. 마지막 단계로는 죽음을 받아들이고 불안이 최소화되면서 담담해지는 경지에 이른다.

삶을 살아가면서 다양한 상황에 부딪히며 느끼는 불안을 현실 불안이라고 한다면, 죽음처럼 생을 마감할 때까지 마음의 근저에 안고 살아가는 것은 기본 불안이라고 할 수 있다.

불안이 생각의 고통이라면 그 불안을 이기기보다는 덤덤하게 받아들이는 연습을 통해 그 고통에서 벗어난다면 우리의 삶이 조금 더 풍요해지지 않을까.

모든 것은 마음에서 오는 것이다. 고행을 반복하는 수행자들이 불안한 생각을 떨쳐버리기 위해 마음공부를 하듯 마음이 평온하다면 불안도 평온하게 맞이할 수 있을 것이다. 그래서 오늘도 나는 마음을 다스려본다.

중년 이후 극심해지는 불안

인격 발달 과정은 사람의 성장 단계에 따라 설명하는 것이 일반적이었다. 그러나 최근에는 이런 분류도 달리해야 한다는 목소리가 커지고 있다. 백세 시대라는 말이 흔해질 정도로 수명이 늘어난 시대를 살고 있기에 고전적인 분류 방법만으로는 부족하다는 이유에서다.

관련 교재를 보면 지금까지의 단계는 태내기(수정~출생), 신생아기(출생~1개월), 영아기(1개월~24개월), 유아기(2세~6세), 아동기(6세~11세), 청소년기(11세~20세), 성인 전기(20세~40세), 성인 중기(40세~60세), 노년기(60세 이후)로 나뉘어 있다.

학자에 따라서 세부적인 표현은 다르지만 큰 범주에서는 비슷하다. 다른 표현으로는 성인 전기 이후를 장년기로 표현하고, 그 이후를 갱년기와 노년기로 분류하는 예도 있는데 이에 따르면 장년기 후반에 이르러 갱년기가 더해지면 지금까지 경험해보지 못했던 불안이나 우울감에 빠지는 경우가 많다. 이런 심리적인 변화를 일컬어 갱년기 우울증, 황혼기 우울증, 퇴행기 우울증 등 서로 다른 용어로 표기하지만, 결국 같은 맥락의 불안과 우울감을 말한다. 이런 현상은 다른 발달단계에서 볼 수 없는 비교적 뚜렷한 증상으로, 이 시기에 불안을 일으킬 만한 어떤 계기가 겹쳐진다면 더욱 심각한 고통으로 이어진다.

내 환자 가운데 한 사람은 중소기업에서 이사직을 맡고 있었다. 어느 날에는 상담 중에 이런 질문을 한 적이 있다.

"만일 지금 당장 월급을 받을 수 없는 처지에 놓인다면 월급 없이 얼마나 생계를 이어나갈 수 있을까요?"

그는 대략 일 년 정도는 버티지 않겠느냐고 대답했다. 일을 마치고 집에 돌아와 문득 내가 그런 처지에 놓인다면 나는 얼마나 버틸 수 있을까 하는 생각이 들었다. 그런 생각이 들자마자 갑자기 불안이 엄습했다. 일 년은커녕 단 한 달이라도 버틸 수 있을까? 이런 절박한 생각이 떠오르자 마치 블랙홀에 빠진

듯 초조해지기 시작했다. 생각하면 할수록 부정적인 생각이 증폭되어 주체할 수가 없었다. 돌파구는 개업하는 길밖에 없다고 생각했다. 그래서 불안과 초조함에 밀려 개업할 장소를 물색하고 다녔지만 마땅한 곳을 찾지 못하자 불안과 초조한 마음은 극에 달했다.

이 모든 일은 당시 중년이었던 나의 시기와 관계 깊다. 아마 다른 때였다면 환자의 말에 그리 쉽게 동요하지는 않았을 것이다. 그때는 족히 일 년 정도 벗어날 수 없는 고통을 경험한 후에야 그 초조감에서 겨우 벗어날 수 있었다.

중년이라는 시기는 지금까지 살아온 삶을 되돌아보고 미래의 삶을 설계해볼 수 있는 나이임에도 나처럼 갑작스러운 블랙홀에 빠지면 헤어나기가 쉽지 않은 시기이기도 하다.

각자의 경험을 통해 불안에 직면한 시기와 계기를 천천히 생각해볼 것을 권한다. 서두르면 블랙홀에 빠지기 쉽다. 천천히 상황을 직시한다면 불안을 극복하는 방법이 보일 텐데 서두르다 보면 좋은 기회는 물론, 블랙홀에서 빠져나오는 방법도 놓치게 된다. 서두르지 말자.

불안을 이겨내려면

　불안은 정상적인 감정이다. 그럼에도 사람을 힘들게 한다. 따라서 불안을 있는 그대로 바라보는 자세가 중요하다.

　불안을 정상적인 감정으로 받아들이는 방법에는 두 가지가 있다. 하나는 항불안제와 같은 약물을 사용하는 것이고, 다른 하나는 진료를 통해 불안 뒤에 숨어 있는 선행 요인을 통찰하게 만드는 방법이다. 항불안제는 약 효과가 지속되는 동안에는 안정을 주지만 그 이후에는 다시 불안이 반복된다는 점에서 원천적인 해결 방법이라고 할 수 없다. 그래서 보통은 약물 치료와 정서적 치료를 병행하게 된다.

불안을 해결하는 것은 결코 쉽지 않은 일이다. 우선 그 불안에 직면해야 한다. 그러나 자신의 마음을 직면하는 것 역시 말처럼 쉬운 일이 아니다. 오히려 가장 어려운 일 가운데 하나다.

직면과 통찰, 훈습과 인격의 재구성, 순리 등이 불안을 해소하는 심리적 방식이다. 사람들은 흔히 마음의 문 앞에 서서 직면했다고 착각한다. 마음의 문을 두드리고 열고 들어가 뒤에 숨어 있는 의미를 깨달아야만 비로소 직면했다고 말할 수 있다. 마음의 문을 열고 바로 볼 수 있다면 진정한 뜻을 통찰할 수 있을 것이다. 통찰한다면 반복된 훈습을 통해 습관을 바꾸고 실천적 노력을 해야 한다. 이 노력이 성공한다면 불안에 적응하는 새로운 습관을 익혀 인격을 재구성함으로써 대처 능력이 향상될 것이다. 이렇게 얻을 수 있는 새로운 적응 방법이 순리다. 순리에 들면 흔히 철이 들었다고 말하는 상태로, 지혜로워졌다고도 말할 수 있다. 이 과정을 거듭 따라 한다면 마음의 평온을 얻을 수 있을 것이다. 공식은 참으로 단순하다. 그러나 자신에게 적용하는 것은 참으로 어려운 일이다.

어려워 보인다고 피하기보다 한번 도전해보는 것이 중요하다. 열 번 찍어 안 넘어가는 나무는 없다. 힘든 실천 과정을 반복하고 반복하면서 점점 그 어려움을 극복하다 보면 새로운 습관을 만들어갈 수 있을 것이다. 새로운 습관을 만들 수 있다면 그런 고통스러운 과정쯤은 경험해볼 가치가 있는 것으로 바뀌지 않을까.

초입 단계인 '직면'부터 시작하자. 자기 눈의 티를 직면하지 않는다면 영원히 불안 속에 살아야 한다.

눈을 감고 조용히 숨을 내쉬며 마음을 진정시켜보자. 저 깊은 곳에서 올라오는 내 불안의 요소는 무엇일까? 왜 그 불안이 늘 나를 엄습해올까? 고민하고, 생각하고, 또 두들겨보자. 비록 바로 답을 얻지는 못하겠지만 그런 일련의 노력과 고통이 지나면 불안하고 무서운 감정이 하나둘씩 사라진다. 그런 노력은 누가 하라고 해서 혹은 강제적으로 시킨다고 해서 되는 과정은 아니다. 그저 나와의 지루한 싸움일 뿐이다. 그 싸움을 슬기롭고 지혜롭게 이겨나가는 사람만이 스스로 불안에서 벗어날 수 있을 것이다.

그러니 노력하자. 불안이란 것을 이해하자. 내 마음과 길고도 지루한 싸움을 하되, 지치지는 말자.

과거의 영광에 머물러 있는 심리

우리는 누구나 자신의 인생에서 화려한 영광 하나쯤은 안고 산다. 그럼에도 유독 나이가 들수록 '그때가 좋았지'라는 생각이 드는 것은 왜일까. 이런 말을 자주 하는 사람들은 크게 두 가지로 분류된다.

하나는 지금 현재 일이 잘 풀리지 않아 어려운 환경에 처해 있는 경우다. 그래서 지난날에 대한 한탄과 그리움이 담겨 있는 한숨 섞인 말이 자연스레 흘러나오는 것이다.

다른 하나는 즐거움과 감사하는 마음으로 지난 과거가 좋았다고 말하는 경우다.

지난날이 좋았다는 말은 같지만 그 말이 내포하는 의미는 전혀 다르다. 전자는 고통스럽고 헤어나기 어려운 현재의 삶에서 잠깐이나마 위안을 얻고자 하는 말이다. 그런 말은 일시적인 위안은 될 수 있지만 현재 처해 있는 곤궁한 상황을 해결하는 데는 도움이 되지 못한다. 반면 후자는 지금의 삶이 곤궁하지 않기에 과거의 상황을 즐겁게 추억하는 것이다.

살다 보면 삶이 언제나 평온하게만 흘러가는 것은 아니다. 매 시간 닥쳐오는 새로운 상황에 적응하자면 작든 크든 스트레스를 받는다.

일상에서는 스트레스가 아닌 것이 없다. 모든 상황이 우리에게 위험과 기회를 동시에 준다. 그렇다면 앞서 말한 한숨과 한탄 섞인 과거 지향적인 안주를 어떻게 생산적인 방향으로 바꿀 수 있을까. 후자가 말한 즐거움과 감사라는 것도 따지고 보면 그때 그 시절은 고통스러웠으나 지나고 보니 그 고통을 이겨내는 과정이 즐겁고 감사하다는 뜻일 것이다.

전자와 같은 생각에 매몰된다면 현재의 고통에서 벗어나기 어렵다. 후자처럼 바뀌어야 삶의 즐거움이 있다. 어떻게 바꿀 것인가? 부정적인 생각에서 벗어나 긍정적인 시각으로 바꾸어야만 한다.

긍정과 부정은 동전의 양면과 같다. 부정적인 생각을 뒤집으면 긍정적인 마음이다.

지나온 세월은 추억일까, 아니면 새로운 길로 나아가는 원동력일까.

이 질문에 답을 하기 위해서는 현재 나의 위치를 정확하게 판단하는 것이 선행되어야 한다. 과거를 직시하고 미래를 조망하는 것이 쉽지는 않겠지만 끊임없이 노력하다 보면 자조 섞인 마음이 치유되고 현재의 삶을 긍정적으로 바라보게 될 것이다.

과거는 반면교사다. 그래서 현재의 내가 좋은 것이다.

나이에 대한 고찰

지나치면 모자람만 못하다는 말이 있다. 나이답지 않게 자기 자신을 객관적으로 보지 못하고 마음이 앞서는 경우가 그렇다.

내게는 대학 시절 함께 문학동호회 활동을 하다가 등단하여 시인이 된 친구가 있다. 그 친구는 사업에도 관심이 많아 여러 사업을 벌이기도 했다.

한번은 내가 주관하는 문학 모임에 초청하여 함께 시를 감상하고자 했는데 흔쾌히 초청에 응해주었다. 그런데 문제는 모임 날짜에 가까워지면 일정을 연기해달라고 요청하는 일이 잦았다. 이런 일이 반복됐기에 이번에는 그 연유를 물어보았다.

"젊었을 때부터 지금까지 사업을 하느라 친구나 친지들의 도움을 많이 받았는데 사업이 실패하여 많은 친구에게 폐를 끼쳤으니 지금이라도 노력하여 떠나기 전에 조금이나마 신세를 갚고자 하니 바빠서…."

그의 마음을 모르는 바가 아니었기에 몸도 마음도 예전 같지 않은 지금, 지나친 욕심은 아닌지 돌아보라는 조언을 해주었다. 그런 일이 있고 얼마 되지 않아 친구는 세상을 떠났다.

우리가 가정에서 매일 사용하는 전기도 사용 용량이라는 것이 정해져 있다. 이 용량을 초과해 사용하면 퓨즈가 끊어져 더 이상 쓸 수 없게 된다. 물컵을 떠올려보자. 컵에 물을 따르면 컵이 가진 용량만큼만 담기고 나머지는 넘쳐흐르게 된다. 이처럼 우리 마음에도 용량이 있다.

욕심은 어느 한 시기에만 국한된 것이 아니다. 젊었을 때와는 다르게 나이 들어 갖는 과한 욕심은 초조감으로 발전하여 잦은 실수를 불러온다. 이때 필요한 것이 스스로를 되돌아보는 일이다. 자신의 행동이나 생각을 되돌아보는 일은 우리에게 분별하는 힘과 지혜를 주지만, 이를 게을리하면 제어할 수 없는 마음이 욕심의 늪으로 이끌어 고생하게 된다. 그러므로 누구든 자신의 용량을 잘 알 수 있도록 스스로를 되돌아봐야 한다. 과욕은 자신을 헤칠 뿐만 아니라 다른 사람에게도 큰 피해를 준다.

욕심이라고 하면 생각나는 《이솝우화》가 있다. 개 한 마리가 물 위에 놓인 다리를 건너다 물에 비친 자신의 모습을 본다. 물에 비친 개의 입에는 고기 한 덩이가 물려 있다. 개는 그 모습이 자기의 모습이라고는 생각지 못한다. 그저 물에 비친 개가 가진 고깃덩어리가 탐이 나 컹컹 짖고, 순간 자신의 입에 있던 고기는 풍덩 물에 빠지고 만다. 사람이라면 어떤 이는 화를 낼 것이고 어떤 이는 포기할 것이며 어떤 이는 자신을 원망할 것이다. 나라면 어떻게 할까?

이 나이에 무슨 욕심이 있을까 늘 자문자답해보지만 그래도 생각과 이성을 가진 인간이다 보니 욕심은 끝이 없다. 그래서 우리는 그 끝없는 욕망과 욕심을 다스리는 마음공부를 게을리하면 안 된다. "이 나이에 무슨"이 아니라 "이 나이라서 해야하는 것"이다.

오십 이후의 삶을 위협하는 무기력

무기력이 오십 이후에만 찾아오는 것은 아니다. 무기력은 거의 모든 연령층에서 볼 수 있는 증상이다. 하지만 젊을 때의 무기력은 상대적으로 단순하거나 회복이 그렇게 어렵지는 않다. 그러나 오십 이후에 오는 무기력증은 젊은 세대에 비하여 원인이 복잡하기도 하고 회복 역시 간단하지 않다.

그도 그럴 것이 오십 이후의 연령대가 대부분 삶의 한고비를 넘기면서 지난날을 회고하거나 반성하며 참회하는 시기와 맞물리기 때문이다. 그러니 무기력증에 빠지는 경우가 다른 세대보다 자연스럽게 늘어나는 것이다.

무기력은 가볍든 가볍지 않든 우리가 한동안은 경험했을 그런 증상이다. 단독으로 갑작스럽게 오는 증상처럼 여겨지는 경우가 많다. 단독으로 오는 예도 없지는 않겠으나 대부분 우울증과 같은 증상 뒤에 뒤따라오는 꼬리표 증상이다.

따라서 무기력 상태는 크게 두 가지 원인에서 살펴보아야 한다. 하나는 기질적인 질병에서 오는 무기력증이다. 주로 만성질환을 앓고 있는 사람이 경험하는 증상인데 주로 신체적인 병변에서 기인한다.

이에 반하여 심리적인 원인으로 발병하는 무기력증도 있다. 이 두 가지 원인을 구분하는 것은 증상을 앓고 있는 환자나 이를 치료하는 치료자에게 있어서 가장 중요한 부분이다. 말하자면 기질적인 원인인지 심리학적인 스트레스에 의한 원인인지를 감별해야 한다는 뜻이다. 이를 구분하지 못하면 심각한 합병증을 초래할 수 있으므로 아주 중요한 경계가 된다. 기질적인 원인에 의해 발생하는 질병이라면 말할 것도 없이 그 원인이 된 질병을 치료하는 것이 먼저다.

원인이 되는 신체 질환을 치료하면 무기력증은 자연적으로 치료되는 경우가 많다. 그러나 스트레스에 의한 무기력증은 신체 질환처럼 그 원인을 하나로만 규정하여 치료하기가 어렵다.

이 말은 무기력증을 유발하는 심리적 양상이 다양하다는 뜻이다. 그 다양한 스트레스 가운데 어떤 스트레스가 무기력증과 상관관계가 있는지 알아내기란 절대 쉬운 일이 아니다. 그래서 심리적인 원인이라는 말 대신 무기력증을 일으키는 선행 요인이라는 표현을 쓴다. 많은 원인 가운데 가장 영향을 준 것을 뽑아 원인이라고 말하려 해도 걸리는 바가 한둘이 아니기 때문이다.

선행 요인들을 살펴보면 불안이나 공포, 공황이나 우울증 같은 것도 있다. 그러나 우울증만 해도 그 선행 요인들이 한둘이 아니다. 쉽게 표현하자면 그런 여러 자각증상 끝에 따라다니는 꼬리표 같은 증상이라는 것이다.

나도 나이 탓인지 불쑥불쑥 허무감이 솟아오를 때가 있다. 따지자면 원인이 된 자극이 있겠지만 그런 것을 생각해볼 겨를도 없이 불쑥 나타났다가 홀연히 사라져버렸는 경험이 간혹 있다. 아직은 허무감에 의한 무기력이 잠깐 왔다가 홀연히 사라지는 수준에 있으니 감사할 일이다.

무엇이 무기력이라는 꼬리표를 달고 내게 오는가, 그것을 곰곰이 되짚어보는 시간을 가지는 것도 좋은 방법일 것이다. 그

래야 나에게 엄습해오는 무기력을 이겨낼 방법을 조금이라도 찾
아볼 수 있다.

비가 오면 처마 끝에 낙숫물이 떨어진다. 그 모습을 가만히
쳐다보면 바닥에 떨어지며 물방울이 튀어 올라온다. 우리 감정
의 부산물은 튀는 물방울 같은 것이다.

한번 찾아보자. 무엇이 나를 무기력하게 하고 무엇이 나를 허
무하게 하는지에 대한 답을 찾다 보면 그 해결책도 자연스레
따라올 것이니.

마음의 나이테

　마음도 나이를 먹는다. 우리는 흔히 몸과 마음을 따로 나눠 생각하는 경향이 있지만, 사실 그 둘은 하나다. 분류해서 생각은 하지만 기실 분류할 수 없는 것이 몸과 마음이다. 몸은 그 실체를 우리가 볼 수 있으므로 나이 드는 것도 쉽게 이해할 수 있다. 그러나 마음이란 실체가 없다. 몸이 통합적으로 표현하는 일종의 기능이다.

　눈에 보이지 않는다고 실체를 없다고 할 수 있겠으나 그 기능을 보면 실체가 없다고 말하기는 어렵다.

　나이 든다는 것은 우리가 정해놓은 시간에 따라 한 해가 지나면 나이테를 하나 두르는 것과 같다. 몸의 나이는 신체적인 수명을 다하면 나이 먹는 것을 중지한다. 몸이 나이 먹는 것을 중지한다면 그에 따라 기능한 마음도 마땅히 나이 먹는 것을 중지할 것이다. 함께 종말을 맞는다는 의미다.

몸은 우리가 인위적으로 정해서 시간의 단위에 따라 일 년에 한 살씩 차곡차곡 나이 들어가지만, 마음의 나이는 조금 다르다. 나이테를 감는 현상이 몸과는 조금 다르다.

마음은 크게 두 가지 형태로 나이테를 두른다. 하나는 성장하다 어떤 시점에서 멈추어버리는 것이고, 다른 하나는 일정 수준 나이테를 두르다가 어떤 요인에 의해서 퇴행해버리는 경우다. 전자는 지적장애라는 용어로 표현하는 반면, 후자는 치매라는 의학용어를 사용한다.

인생은 짧고 예술은 길다는 말이 있다. 인생을 몸과 마음이라고 생각한다면 예술은 그때 그 시절의 사람이 남긴 마음의 흔적이다. 비록 그때 그 당시의 몸과 마음은 사라졌다 하더라도 마음의 흔적은 수천 년이 지난 지금에도 우리들의 머릿속에 남아 있다. 마음의 나이테는 몸과 다르다 해도 그 유기체가 소멸하면 함께 소멸해버린다. 나이테를 몸보다 더 많이 감았다고 하더라도 몸이 소멸하면 그 마음은 소멸하고 만다. 그럼에도 지금 우리 뇌리에 소크라테스의 마음의 흔적이 남아 있는 것을 보면 우리가 지금 그의 마음의 테두리를 감고 있다고 할 수 있을 것이다. 그때 그 시절의 몸과 마음은 사라지지만 그 흔적은 세월이 흘러도 이어지면서 성장하는 것이다. 그러니 몸의 나이에 비해 마음의 나이란 길고도 긴 것이다. 마음의 나이가 다 이렇게 길고 긴 여정을 통해 나이테를 감고 또 감는 것은 아니다. 지금을 살아가는 우리가 마음을 갈고 닦아 보석처럼 나이테를 둘렀을 때 비로소 후세 사람들이 이어서 마음의 나이테를 감고 또 감아줄 것이다.

불안에 지지 않는 강건한 마음

불안을 이겨낼 만큼 강건한 마음을 가진 사람이 있는가 하면 불안을 이기지 못하는 여린 사람도 있다. 똑같은 불안이라고 하더라도 그 불안을 이겨낼 방법을 알지 못하는 사람은 연약할 수밖에 없다. 스트레스 유무나 경중의 문제가 아니라 받아들이는 사람의 마음이 중요하다는 뜻이다.

온실 속의 화초와 들판에서 자라는 야생화를 비교한다면 어느 쪽이 더 강인할까? 당연히 들판의 화초다. 온실의 화초는 온도와 습도를 일정하게 맞추어주기 때문에 화초가 경험할 수 있는 자극이 지극히 적다. 그러나 들판의 야생화는 사시사철 변화하는 환경에 적응해야 하므로 자연스럽게 생존력이 강해진다.

사람도 이와 마찬가지다. 불안을 이겨내는 씩씩한 마음을 가진 사람은 야생화처럼 다양한 환경에 노출되어 이를 극복하는 방법을 터득하고 있다. 다시 말해 면역력이 강하다는 뜻이다. 이에 비해 불안을 극복하지 못하는 사람은 온실의 화초와 같다. 씩씩함과 연약함의 차이는 겉보기에는 큰 것처럼 보이지만 기실 간발의 차이다.

이런 간발의 차이를 극복하고 씩씩한 마음으로 살아가자면 어떤 방법이 있을까? 많고 많은 방법 가운데 나는 다음과 같은 세 가지를 생각해보았다.

첫 번째는 주체성이다. 주체성이란 인간이 어떤 일을 실행할 때 보여주는 자유롭고 자주적이며 고유한 성질이나 특성을 말한다. "나는 나다"라고 하는 단순한 자긍심이다. 내가 있어야 주변이 있는 것이지 주변이 있어서 내가 있는 것은 아니다.

두 번째는 이 주체성을 바탕으로 한 긍정적인 삶의 태도다. 긍정적인 마음은 폭넓은 시야를 가지게 하니 이보다 좋은 게 없다.

세 번째는 그런 마음을 행동화하는 것이다. 이는 불안에 직면해야 이룰 수 있는 행동이다.

이 세 가지를 잘 아울러 실천해본다면 온실의 화초는 면할 수 있을 것이다.

다시 말해 주체성을 가지고 다양한 불안을 긍정적인 마음으로 직면하면서 스스로 면역력을 키워나간다면 마음은 점점 강건해질 것이다. 강건하면서 지혜로워질 것이다.

불안은 내가 스스로 만들어내는 것이다. 물론 외부적인 요인도 있지만, 그 외부적인 요인과 더불어 내 마음 한구석에서 만들어져 온몸으로 퍼지는 것이 불안이다. '어떻게 하지' '이걸 해야 하나 말아야 하나' '안 하면 나에게 오는 피해는 무엇일까?' 불안은 이렇게 쉴 새 없이 복잡한 질문을 파생한다. 그러나 답은 단순하다. 삶의 긍정, 이 노력을 계속 해나가야 한다.

2장

부정적인 생각

지나온 삶을
귀하게 여길 것

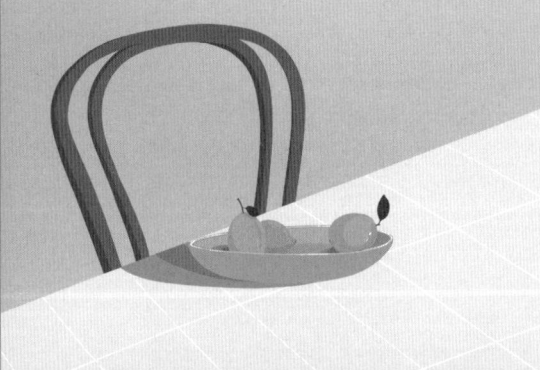

✳

마음을 소모시키는 습관을 줄이고,

나의 삶을 존중하는 법

마음의 노화를 불러오는 가장 큰 요인

나이가 든다는 것은 늙는다는 뜻이다. 앞서 말했듯 신체적 노화는 우리가 눈으로 직접 볼 수 있는 모습이기 때문에 긴 설명이 필요 없지만 보이지 않는 곳에서 마음도 늙는다. 그렇다면 마음의 노화를 부추기는 감정들에는 어떤 것이 있을까? 딱히 이런 감정이 마음의 노화를 부추긴다고 특정할 수 있는 부분은 없다.

바꿔 말하면 모든 스트레스는 노화를 촉진시킬 수 있는 요인들이라고 말할 수 있다. 사람에 따라서 받아들이는 반응이 각양각색이니 어느 하나를 특정할 수 없다는 뜻이다. 그러나 그 가운데 하나를 꼽아본다면 바로 꿈이라고 할 수 있다. 여기서 꿈이라고 말하는 것은 미래다. 미래에 대한 희망이다. 미래에 대한 희망을 크게 품는 사람도 있고, 작게 품는 사람도 있다. 꿈의 크기가 크든 작든 미래에 대한 희망이란 뜻에서 같은 의미를 지닌다. 우리가 지금 삶을 즐기고 있는 것도 미래에 대한 희망과 소망, 즉 꿈이 있기에 즐거운 것이다.

불안, 후회, 분노, 수치심, 무력함, 외로움, 시기심, 두려움, 허무함, 상실감, 서운함 등 생각해보면 이들 모두가 마음의 노화를 촉진시키는 요인들이다. 여기에 열거하지는 않았지만, 더 많은 요인이 산재해 있다. 만일 이 많은 요인이 한꺼번에 우리를 짓누른다면 노화는 물론 살아남을 재간이 없을 것 같다.

다행히 이런 노화를 촉진하는 요인들이 한꺼번에 닥치지는 않는다. 서로 순차적으로 연계되어 있지만, 종합세트처럼 한번에 몰려오지는 않는다. 다행스럽게도. 그리고 이런 요인들조차 잠깐 왔다가 사라지는 경우가 많은데 그런 경우는 노화에 크게 영향을 주지는 않는다. 적어도 마음의 노화에 촉진 요인으로 작용하려면 만성적인 요인으로 쌓여야 한다.

이런 요인들은 살면서 어느 정도 인지할 수 있다. 그러나 꿈이 없다는 것은 이들 요인과도 차이가 있다. 꿈이 없다면 궁금증도 없을 것이고, 실현하고자 하는 의욕도 없을 것이다. 의욕 없이는 행동화도 어렵다. 그러니 꿈이 없는 상태를 길게 이어 간다면 어떻게 될까?

나도 되돌아보면 꿈이 없을 때가 있었다. 바로 초등학교 때였다. 초등학교 때 내가 원하는 것은 학용품과 같은 그런 몇 가지 되지 않는 소망들이었는데 그런 것은 언제나 집에 있었다. 내 생활에 어느 정도 불편감이 있어야만 꿈도 생기는 것이다.

내가 꿈을 그리기 시작한 것은 중학교에 들어가고 나서다. 그나마 다행이라고 할까. 다행이긴 하지만 그 꿈조차 실용적인 것보다 허황한 꿈이 많았다. 지나고 보니 꿈이라는 것도 비논리적이고 허황한 꿈에서 시작하여 점점 현실적인 꿈으로 이행했다는 사실을 짐작하게 된다.

궁금증이 있어야 또 다른 궁금증으로 이어진다. 꿈이 없다면 무생물이다. 작든 크든 꿈을 잊지는 말자. 노화를 비껴갈 수는 없겠지만 적어도 속도를 줄일 수는 있을 것이다.

감정은 마음에서 오는 것이다. 이런 일련의 일들은 물론 외부적인 요인도 작용하지만, 위에서 언급했던 여러 요인은 모두 마음에서 오는 것이라고 본다. 이 감정을 어떻게 다스리느냐에 따라 마음의 노화 속도가 결정되는 것이다.

비가 오면 우산을 쓰고 바람이 불면 바람을 피하고 눈이 오면 시린 어깨를 더 움츠리며 내 육신과 내 마음을 아끼듯 단순하게, 삶이 주는 여유는 그런 것이다.

나이 들수록 부정적 감정이 많아지는 이유

불안이나 외로움 그리고 무력감 같은 부정적인 감정은 우리 삶에 있어서 어느 시기를 막론하고 빈번히 경험하는 감정들이다. 유독 어느 시기에 국한해서 이런 감정을 느끼는 것은 아니다. 그렇긴 하지만 어리고 젊은 연령대에 비하여 오십 이후에 이런 감정을 느낀다면 상대적으로 그 심도가 더 깊은 것이다.

왜 그럴까? 우리 함께 생각해보자. 문제는 나이다. 오십이 지나면 더 이상 어린 나이가 아니다. 삶을 살아오면서 저마다의 큰 우여곡절을 넘기는 나이다.

어릴 때는 누구나 학교에서 사회를 살아가는 여러 방법을 학습한다. 이 학습기를 벗어나면 배운 대로 자기 자신이 중심이 되어 실천해보는 시기를 맞이하는데 이때가 바로 오십 이전의 시기다. 이렇게 살면서 오십이 지나면 이른바 중년 앓이를 경험하게 된다. 말하자면 갱년기 증상들이다. 불안이란 삶에 있어서 가장 근저에 깔린 부정적인 감정으로, 중년을 맞으면서 더욱 현실적으로 증폭된다.

외로움이라는 감정도 마찬가지다. 어릴 때도 외로움을 느끼지만 중년 이후의 외로움과는 그 성질이 다르다.

빈둥지증후군이라는 말을 떠올려보자. 이는 지금까지 품속에 있던 자녀가 독립하고 나면 자신이 마치 텅 빈 둥지를 지키고 있는 것 같은 허전함을 느끼면서 정신적 위기에 빠지는 현상을 말하는 용어다. 중년에 부정적인 감정을 지속해서 느끼다 보면 삶의 즐거움을 잃고 무력감에 빠지기 쉽다. 무력감에 빠지면 흥미가 없어지니 삶이 끝나버린 느낌도 들 것이다.

나이가 들수록 이런 감정에 휘말리기 쉽다. 지금까지 소소한 재미를 가지고 삶아온 사람이라 하더라도 오십이라는 현실적 나이에 직면하다 보면, 지난날을 회상하면서 살아온 가치를 부여하기보다 잘못 살아온 듯한 부정적인 감정이 먼저 찾아온다.

오십이 넘은 나이는 반성과 참회의 시간이기도 한데 이런 시간을 제대로 활용하지 못하고 자기 자신을 깎아내리기만 한다면 어떤 감정에 휩싸이게 될까?

또한 자기 자신을 사랑하는 힘이 약할 때도 부정적인 감정에 빠지기 쉽다. 개인의 삶은 한 사람이 평생 살아온 발자취다. 다른 누구도 아닌 오롯이 나만이 남길 수 있는 발자취라면 그 자체만으로도 내게는 귀하고 귀한 삶이다. 이를 나 스스로 부정한다면 불안이나 외로움, 무력감 같은 것이 증폭되기 쉽다. 이런 감정이 일어나는 데는 현재 나에게 주어진 상황이 중요한 매개로 작용하는 탓이다. 어떤 상황에 직면하는가에 따라 이런 부정적인 감정이 커질 텐데 도대체 어떤 상황들이 영향을 미치게 될까.

가장 근본적인 이유는 오십을 넘어선 나이 탓이라고 했는데 도대체 나이가 어떤 역할을 하는 것일까. 앞서 말했듯 삶의 종착역에 가까워져 있다는 상황에 대한 인식이다. 여생이 살아온 세월보다 적게 남아 있다면 초조감이 생길 것이다. 이에 더하여 종말을 추정할 수 있는 실제상황이 우리 앞에 다가온다면 이런 부정적인 감정을 확신하게 될 것이니 두려움을 느낀 데도 이상하지 않다. 가령 회복할 수 없는 질병이나 사업의 실패와 같은 불가역적인 상황에 노출된다면 이런 부정적인 감정에 휩싸이는 것은 더욱이 한순간이다.

나조차도 별수 없다. 어느 날 문득 이런 생각이 엄습해왔다. 평생을 함께한 반려자가 갑자기 옆에 없으면 어떡하나, 어떻게 살아야 하지… 이런 생각에 사로잡히자 순간 머리가 하얘지면서 아무것도 손에 잡히지 않았다. 곧이어 불안함과 외로움, 무력감이 뒤따랐다. 불안한 마음은 꼬리에 꼬리를 물고 끊임없이 이어지기 마련이다.

나이 든 사람이라면 한 번쯤은 생각해보았을 상황이다. 하지만 이 또한 나 스스로 이겨내야만 하는 생각이니 그저 그 순간의 상황을 담담하게 받아들이려는 노력, 즉 긍정적인 마음을 갖는 준비를 당장 해야겠다는 생각이 들었다. 세월은 유수와 같이 흘러 내 옆에 머물러 있지 않을 테니 말이다.

늙는다는 두려움 떨치기

우리나라는 나이를 세는 데 세 가지 셈법이 있다. 하나는 만나이고, 둘째는 연나이, 마지막으로 한국식 세는나이다. 달리 말하면 우리나라 사람들은 나이가 세 가지인 셈이다. 이렇게 융통성이 많은 셈법이 있음에도 이 범주를 넘어서서 나이를 있는 그대로 받아들이지 못하는 사람도 많다. 왜 자신의 나이를 바로 보지 못하는 것일까.

나의 한 지인은 상점 주인에게 아주머니라는 말을 듣고부터는 그 상점에 가지 않게 되었다고 한다. 지금 그분은 70대 후반으로 접어들었으니 명실상부한 노인이다. 아주머니라고 부른 것이 마음에 걸렸다는 그녀를 지금은 어떻게 불러야 할까?

또 친구 중 하나는 넉살이 좋아 아무 모임에서나 잘 어울린다. 그는 처음 만나는 사람에게 나이부터 묻는다. 그리고 그가 어떤 나이를 대더라도 이렇게 말한다.

"듣고 보니 나보다 어리네요. 동생 하나 생겼다."

사실은 자기보다 나이가 많더라도 이렇게 말하며 어른 노릇을 했다. 두 사례 모두 자기 나이보다 높이거나 낮추는 허풍을 떤 모양새다. 왜 그런 허세를 부리는 것일까.

상대의 나이를 묻는 것이 실례처럼 인식되는 요즘이다. 나이를 바로 보기 싫어 높이는 것도 허풍이고 낮추는 것도 허풍이니 곧 허세 속에 산다는 의미다. 허세를 부려야 자기 마음을 위장하고 안정된다는 짧은 생각에서일 것이다. 이 세상에 가장 정직하고 공평한 것이 있다면 시간이다. 그러나 이 시간은 나이에 따라 체감 속도가 다르다. 상대적으로 어린 나이일수록 세월이 천천히 흐르는 느낌이고 나이 들수록 화살같이 빠르게 느껴지는 것이 세월이다. 그러나 이는 오로지 주관적인 체감일 뿐 실제로는 누구에게나 똑같이 주어지는 아주 공평한 것이 세월이니 나이라고 다르겠는가.

조금 더 깊이 생각하면 꼼수를 부려 자기 나이를 올리고, 내리는 것도 열등감과 연관이 된다. 그런 꼼수를 통해 열등감을 감추려고 하지만 결코 감추어지지 않는다. 그럴 바에는 나이를 피해 갈 생각보다는 직면해서 볼 수 있도록 노력해야 한다. 우리가 피하고자 하는 감정을 직시할 수만 있다면 그것만으로도 나이답게 사는 큰 선물이 될 것이다.

오랜만에 만난 사람들은 서로 젊어 보인다는 인사말을 많이 한다. '나이보다' 젊게 보인다는 뜻일 것이다. 이 말을 듣는 사람도 싫지는 않다. 그러나 그런 달콤한 말에 집착하지 말자. 누가 무엇이라고 해도 세월이 흐르는 만큼 나이는 정직하게 먹는다.

세월이 유수와 같다는 말도 나이를 먹는다는 것에 대한 일종의 두려움과 불안이 투영된 말일 것이다. 그러다 보니 언제부터인가 나이 먹는다는 두려움 속에 얽매이게 된다. 우리의 삶속에 녹아 있는 생활들과 함께 자연스럽게 받아들이면 아무런 문제가 없다.

'아! 옛날이여' 대신 지금 현실에 만족하는 마음을 가져보자. 나이 든 자신에게 용기를 불어넣어주자. 나이와 상관없이 행복하다고. 그리고 나이 든 내 앞에 닥친 그 모든 일을 거뜬히 헤쳐나갈 수 있다고.

두 눈을 뜨고 산다는 단순한 지혜

　빨간색 안경을 끼고 세상을 본다면 세상은 어떤 모습일까? 빨간색 일색일 것이다. 파란 안경을 끼고 보자. 역시 온 세상이 파랗게 보일 것이다. 만약 꽈배기 안경을 쓴다면 세상은 어떤 모습일까? 온통 세상이 꽈배기처럼 보여야 하지 않겠는가.

　나는 세상을 부정적인 감정으로 바라보는 편견을 꽈배기 안경을 쓴 사람이라고 부르고 싶다. 학생 시절 일찍 결혼한 친구가 있는데, 그는 꽈배기 안경을 끼고 다니는 친구였다. 입만 벌리면 불평불만이 이어졌다. 이 친구의 아내는 반대로 아주 긍정적인 사람이었다. 집에 돌아오면 허구한 날 불평과 불만을 쏟아내는 남편의 이야기를 묵묵히 듣고 있다가 끝에 가서는 꼭 이렇게 덧붙이고는 했단다.

"그 사람도 그럴 만한 사정이 있지 않았겠어요."

10년쯤 지났을까, 그 친구는 어느 날 갑자기 아내의 말에 정신이 번쩍 들었다고 한다. 자기의 사정으로 꽈배기 안경을 썼듯이 남들도 모두 그럴 만한 사정이 있지 않았을까. 그 사연은 내 눈의 들보를 보는 계기가 되었다.

우리는 모두 눈을 두 개 가지고 있다. 그러나 두 개를 가지고 있으면서 한쪽만 보는 사람들이 너무 많다. 그것이 바로 '편견'이다. 눈이 가지는 생리학적인 작용을 보면 신기한 것이 하나 있다. 왼쪽 눈과 오른쪽 눈이 서로 협응, 다시 말해 신체의 신경 기관, 운동 기관, 근육 등이 서로 호응하며 조화롭게 움직이는 메커니즘을 통해 편견을 없애고 시야를 넓히는 기능을 하고 있는 것이다. 편견은 90도밖에 볼 수 없지만 협응하면 180도를 볼 수 있다.

마음도 이와 같다. 사람의 마음은 긍정적인 마음도 있고, 부정적인 마음도 있다. 이 둘은 따로 분류되어 존재하는 것이 아니라 감정 속에 함께 존재한다. 긍정적인 사람도 얼마간의 부정적인 감정을 지니고 있으며 부정적인 사람이라도 긍정적인 생각을 함께 가지고 있기 마련이다. 이런 마음을 눈과 마찬가지로 협응할 수 있다면 부정적인 감정을 건강하게 풀어내기는 그리 어렵지 않을 것이다.

　내 친구처럼 계기를 기회로 잡아야 한다. 자신이 감당하기 어려운 큰 충격이나 스트레스 상황에 부딪힌다면 이를 극복하기 위한 과정에서 많은 부분 협응하면서 마음이 순화되는 경우가 있다. 이런 뜻에서 부정적인 감정들을 건강하게 풀어내기 위해서는 협응이라는 것을 주목할 필요가 있다. 여전히 꽈배기 안경을 끼고 있는 사람이 있다면 이 협응이라는 단어를 권하고 싶다.

　협응은 꽈배기 안경을 벗게 되는 것 말고도 다른 소중한 선물을 준다. 그 선물은 바로 지혜로움이다. 부정적인 감정과 사고로 끝없이 자기 마음을 갉아먹으면서 괴로움을 안고 살아갈 것인가, 아니면 협응을 통하여 소중한 지혜로움을 얻을 것인가. 그것은 오로지 자신의 선택이다.

　야구 선수가 안타를 치고 출루해서 1루 베이스에 도달한다. 투수의 자세를 눈치껏 바라보면 이제나저제나 도루하려고 투수 약을 올린다. 타자는 마음이 두근두근 안절부절못한다. '뛸까? 이거 뛰다가 아웃 되면 어떻게 하지, 그래 아마 다음 우리 선수가 안타나 홈런을 칠 거야 그때까지 기다리자.' 하지만 도루를 향한 갈망은 뛰어야 한다는 감정을 억누르지 못하고 결국 눈을 질끈 감고 뛴다. 뛰는 순간 그 선수는 무슨 생각을 했을까? 아마도 성공이냐 실패냐를 두고 마음의 갈등을 일으켰을 것이다. 이처럼 억누를 수 없는 감정이 올라오는 것은 나뿐만 아니라 독자분들도 경험하는 감정들일 것이다. 이런 감정을 다스리는 건 내 마음의 안정을 주는 생각이다.

한쪽 눈으로 보면 세상을 다 보지 못한다. 그런데 두 눈으로 보면 세상을 다 볼 수 있다. 그 보이는 세상의 속에는 긍정적인 것도 있고, 부정적인 것도 있다. 부정적인 것을 긍정적으로 받아들이는 마음을 키우고 또 키우자.

통찰의 미덕

"언제 퇴원시켜주나요?"

입원한 어느 환자에게 한 달째 받는 질문이었다. 한 달 내내 성의껏 설명했지만 똑같은 질문만 하고 정작 여러 해 동안 마음의 문을 열어주지 않았다. 또 같은 질문을 한 달째 받다 보니 나도 더 이상 해줄 뾰족한 답이 생각나지 않았다. 하루는 회진하러 가서 오늘은 어떤 이야기를 들려주어야 할지 생각에 잠겨 무심코 천장을 쳐다보았다. 마땅한 말이 생각나지 않았다. 그래서 천장만 쳐다보다 아무 말 없이 병실을 되돌아 나왔다.

며칠이 지났을까? 이상하게 퇴원에 대한 질문이 없었다. 궁금해서 물어보자 내가 천장을 쳐다보는 모습을 보고 '아! 이제 선생님조차 나를 포기하는구나'라는 생각이 들었다고 대답했다. 그는 이런 생각을 계기로 자신의 상태를 깊이 되돌아보기 시작했단다.

대개 마음의 노화를 촉진하는 요인들은 부정적인 감정, 사고, 태도 등에서 비롯되는 경우가 많다. 내가 이런 분들을 다루는 데 있어 가장 중요하게 생각하는 심리적인 기술이나 태도를 꼽으라고 한다면 통찰이라고 하고 싶다.

원래 통찰은 병식이 없던 사람이 자기 병을 깨달아 가는 것을 말한다. 일반적인 용어로는 깨달음이라든지 알아차림 등의 말과 같다.

치료자는 내담자의 심리적 사정을 듣고 통찰에 이르기를 동행해주는 동반자다. 신경증 수준의 환자들은 자아의 기능인 현실 검증 능력이 많이 남아 있으므로 이 통찰로 안내하는 것은 그리 어렵지 않다.

그러나 정신증 환자에게 이런 통찰을 바라기란 어려운 일이다. 우선 환자에게 자기의 마음, 즉 가려져 있는 핵심적인 감정을 직면할 수 있도록 객관화시키는 데 도움을 주어야 한다. 사례에서 시사하듯 내 행동이 의도적인 것은 아니었지만 환자가 그런 생각으로 받아들였다면 이것이 바로 통찰에 이르는 계기가 된 것이다.

사람에게는 자기가 습득한 환경에 적응하는 자기만의 양식이 있다. 이런 적응양식을 가지고 삶을 무난히 살아가고 있다면 굳이 이 통찰이라는 화두를 생각하지 않아도 된다. 그러나 내가 가지고 있는 나만의 적응양식으로 어떤 상황을 헤쳐나가기 어렵다면 이 통찰에 관해 생각해볼 필요가 있다.

치료자는 새 천으로 새 옷을 만들어 환자에게 입히는 역할이 아니다. 환자가 입고 있는 옷이 자신의 몸에 맞는지 맞지 않는지 통찰해보도록 도와주는 역할을 한다. 자기가 자신의 마음을 직시할 수 있는 객관화에 성공한다면 다음 문제는 그렇게 어렵지 않다.

이 글을 읽는 많은 독자께 조언하고 싶은 게 있다면 지금처럼 자신만의 방식으로 살면서 전혀 새로운 상황에 노출될 때 잘 풀어갈 수 없다면 그때 이 통찰의 방법을 응용해보면 어떨까 하는 것이다. 통찰은 예리한 관찰력으로 사물을 환히 꿰뚫어 보는 것이기도 해서 물론 힘든 일이다. 통찰이란 단어를 개인에 맞게 적용하는 것은 정말 어려운 일이다.

나도 나를 직시해본다. 나라는 사람의 마음을 꿰뚫어 어떻게 나의 본모습을 볼까? 늘 난관에 부딪힌다. 그래도 그 난관을 헤쳐나갈 수 있는 노력에 노력을 배가시킨다면 어느 순간 통찰에 다다르게 될 것이다. 그렇게 하다 보면 나도 모르게 나 자신을 되돌아보고 지금껏 마음의 노화에서 오는 마음의 병을 반성하고 깊이 살펴볼 수 있는 계기가 되리라 본다.

늘 평온한 마음을 유지하기 위해 스스로 질문하고 실천하는 노력이 따라야 한다. 방법은 누가 찾아주는 것이 아니다. 스스로 본인에게 맞는 방법을 찾아보자.

3장

인간관계

남을 위해 애썼던 마음을
나에게 나누어주기

∗

오십 이후 달라지는 인간관계를

현명하게 받아들이는 법

오십 이후의 인간관계

　인간관계는 굉장히 복잡하고 다양하다. 그러나 이런 관계도 잘 정리해보면 가장 가까운 두 가지 관계로 압축할 수가 있다.

　하나는 부모와 자녀 관계고, 다른 하나는 부부관계다. 다른 여타 인간관계는 이 두 관계에서 습득한 자신만의 방법을 응용해서 관계를 확장하는 부분이다. 직장에서의 관계, 사회에서의 친구 관계 등 여러 관계가 이에 속할 것이다.

　부모 자녀 관계를 생각해보자. 이는 선택의 여지가 없는 관계다. 이제 막 태어난 아이에게는 당연히 아무런 경험이 없다. 부모의 보호를 받으며 이 세상을 살아가는 법을 하나씩 배워가는 것이다. 이 과정에서 부모와 자녀 간에 감정적인 애증이 교차한다. 이런 관계도 자녀가 일정 기간 성장한 후에는 헤어지는 시기를 맞는다. 자녀는 지금까지 배워온 생활 습관을 지니고 부모와 마찬가지로 한 가정을 이루면서 떠나가는 것이다. 대개 이 시점은 우리가 중년에 이르는 오십 이후다. 이 이별의 시기를 법으로 특정해놓은 게 미성년과 성년의 구별이다. 이때 부모는 품에서 떠나가는 아이들을 보며 혼란과 상실감을 경험할 수 있다. 이런 상황을 두고 빈둥지증후군이라는 말이 생겨나기도 했다.

이것은 자녀도 마찬가지다. 그동안 상대적으로 안락했던 부모 품을 떠난다는 것은 혼란과 상실감을 경험하게 되는 상황임이 틀림없다.

그러나 이런 감정과는 별개로 자녀가 성장하면 당연히 하나의 독립된 인격체로 바라볼 수 있어야 하는데 이를 놓쳐버리면 더 큰 혼란과 상실감에 휩싸일 것이다.

둘째로는 부부관계인데 이는 부모 관계와는 다르다. 전혀 혈연관계가 없는 남남이 만나서 이룬 인연이다. 각자 서로 다른 이질적인 가족문화에서 성장했으니 그 유기체들이 지니는 생활 습관이 일치하지 않는 것은 어쩌면 당연하다. 서로 다름을 조화롭게 이끌어감으로써 부부관계의 패턴이 형성된다. 그런데 이 부부관계는 협력관계이기는 하지만 그 협력의 바탕에는 상대가 자신과 같은 생활 방식을 갖게 되길 바라는 마음이 깔려 있다. 그러니 갈등의 연속일 수밖에 없다.

아무튼 다른 여타의 관계는 이 두 관계에서 형성된 관계의 패턴을 따라 다른 사람들을 대하는 것이다. 그러나 남은 남이지 내가 아니다. 그래서 흔히 우리가 인간관계에서 조언할 때 "나 같으면 이렇게 하겠다"처럼 자기중심적으로 말하는 건 좋지 않다.

관계에서 혼란과 상실감을 경험하게 될 때, 다음 내용을 한번 깊이 있게 생각해보자. 나는 성장한 자녀를 하나의 독립적인 인격체로 보고 있는지, 나의 배우자를 독립적인 인격체로 대우하고 있는지, 여타 관계에도 그들을 독립된 인격체로 인식하는지, 나아가서는 존중하고 있는지 살펴볼 일이다.

강해야 한다. 독해야 한다. 이해와 배려가 필요하다. 어디 쉬운 인간관계가 있겠는가. 위에서 언급했듯이 자녀는 강하게, 그리고 독하게 이 혼탁한 사회를 살아가는 방법을 스스로 터득하게 해야 하고 부부간에는 서로의 신뢰와 배려 속에서 자녀들이 배울 수 있는 그런 관계를 만들어가야 한다.

내 품을 떠난 자녀들에게는 새로운 둥지를 튼튼하게 지을 수 있도록 조력자가 되어야 하고, 부부 사이는 이해와 서로의 인격을 존중해주는 배려의 마음으로 임해야 한다. 이렇게 노력하다 보면 오십 이후의 심적 변화는 새로운 씨앗을 잉태하는 바탕이 되고 거름이 되어 더 많은 열매를 맺게 하지 않겠는가. 다시 말하지만 우리에게 필요한 것은 사랑과 이해심, 그리고 배려다.

다 큰 자녀를 어떻게 대할 것인가

사랑이란 관심이다. 사랑이 지나치면 부담스럽고 또 모자라면 그립기도 하고 원망도 생긴다. 오십 이후에는 자녀들을 어떻게 사랑할 것인가.

친한 친구가 찾아와 자녀 문제를 의논한 적이 있다. 그의 고민은 자녀의 경제 관념에 기인한 것이었다. 그의 자녀는 결혼하여 자녀도 낳고 단란한 가정을 꾸리며 살고 있었다. 겉으로는 전혀 문제가 없어 보인다. 자녀 부부는 모두 적지 않은 연봉을 받으며 직장 생활을 하고 있다. 그런데 두 사람은 수입보다 지출이 더 많아 부모에게까지 손을 벌리기도 한다는 것이다.

자녀가 부탁할 때마다 돈을 주다 보니 버릇이 된 것 같고, 현재
는 친구의 여력도 많지 않다고 한다.

"안 주면 되지 않겠는가?"

어떻게 보면 장난기가 섞인 대답이지만 다른 말로는 해결할
방법이 없을 것 같아 그렇게 말했다. 훗날 들은 이야기지만 친
구는 그 이후로도 계속 자녀의 도움 요청에 거절하지 못하고
지원해주었다고 한다.

내가 아는 또 다른 지인은 부부가 모두 법조인이다. 그는 자
녀를 키울 때 성년 이후에는 부모에게 보조받을 수 없다는 것
을 명백히 밝혔다고 했다. 결혼 전까지야 부모가 책임지겠지만
그 이후는 독립적으로 자기 일은 자기가 책임져야 한다고 가르
쳤다. 그 자녀는 결혼한 후로 자기들 나름대로 가정을 꾸리며
잘 살고 있다.

자녀 사랑은 끝이 없다. 옛말에 내리사랑이라는 말도 있지 않
은가. 자녀가 부모를 생각하는 것보다 부모가 자녀를 사랑하는
마음이 더 클 수밖에 없다.

자녀가 어릴 때는 당연히 도와주고 보호해줘야 하지만 다 자
란 후에는 자립심을 키워주고 독립시키는 것이 옳다.

그렇다면 자녀가 자립할 나이에 있는 오십 이후의 부모는 어

떤 마음가짐을 가져야 할까. 간단하다. 자녀를 독립된 인격체로 대우하고 스스로 자립심을 키울 수 있도록 가르쳐야 한다.

그러면 어떻게 교육할 것인가. 자녀가 자라는 눈높이만큼 대접을 해줘야 한다. 자녀는 부모의 소유물이 아니다. 자녀도 하나의 인격체로 자라면서 세상의 이치를 깨닫고 독립적으로 살아갈 방법을 배워야 한다. 이런 과정 없이 갑자기 자녀에게 주던 것을 끊어버린다면 원망으로 남을 것이다. 책임으로 따지자면 그렇게 키운 부모의 책임이 크지만 의존심만 키운 자녀에게도 책임은 있을 것이다.

혹시 아직까지도 내 지인처럼 자녀와의 의존관계를 해결하지 못하고 있다면 지금이라도 독립시킬 방법을 구상해야 한다. 여기에서 한 가지 명심해야 할 것은 차근차근 단계를 밟아 진행해야 한다는 점이다. 갑자기 독립시키려고 하면 지금까지 해왔던 의존성 때문에 부모를 증오의 눈으로 바라볼 수도 있다. 지금이라도 부모가 먼저 마음을 다잡고 야금야금 연착륙시켜야 할 과제다. 그래서 법으로도 18세라는 경계를 설정해두지 않았던가.

성년을 어린이처럼 대해서는 안 된다. 명심하자. 이 관계는 부모가 먼저 마음을 다잡아야 한다.

가까우면서도 먼 배우자와의 관계

　중년에게 있어 어쩌면 가장 중요한 것은 배우자와의 친밀한 관계라고 할 수 있다. 신혼부터 황혼기에 이르는 긴 세월을 살면서 부부가 한 몸처럼 살아간다는 것은 어려운 일이다.

　혼인으로 묶인 부부라 하더라도 각각 독립된 인격체이기에 미래를 바라보는 시각도 다르고 삶을 살아가는 생활 습관도 다르다. 그러다 보니 서로 감정이 일치하여 시너지 효과를 내는 때도 있지만, 의견과 가치관이 달라 충돌하면서 갈등을 빚는 경우도 많다. 부부 각자의 생체 리듬도 다르겠지만 부부가 함께 살면서 경험하는 결혼 생활의 리듬도 일정하지 않을 것이다. 잔잔한 파도와 같은 리듬일 때도 있고, 폭풍이 몰아치듯 높은 파도와 같은 때도 있을 것이다.

외래를 찾아온 한 부인의 상담 내용이다. 남편이 자신에게 잘
해주는 편이며 특별한 갈등을 유발할 만한 원인도 없는데 남편
이 달갑지 않다고 했다. 가만히 생각해보면 남편에게는 어떤
허물도 없는데 공연히 트집 잡고자 하는 마음이 생겨나서 오히
려 스스로가 이상하게 느껴진다고 했다. 부인의 나이로 짐작건
대 결혼 권태기에 접어든 것으로 보였다.

권태기란 부부나 연인 간에 서로에 대해 흥미를 잃고 싫증이
나는 시기를 말한다. 이런 권태기는 젊을 때 찾아오는 경우도
있겠지만 대개 인생의 후반기에 속하는 갱년기에서 두드러진
다. 여성은 완경기라는 뚜렷한 변곡점을 통해, 남성은 뚜렷한
신체적인 변화가 없는 대신 일생 몸담아 오던 직장에서 퇴임하
거나 지금까지 해오던 사업을 접는다든지 하는 생활의 변화가
있을 때 갱년기를 체감하게 된다.

중요한 것은 이런 경험은 터널을 지나듯이 입구가 있으면 반
드시 출구가 있다는 점이다. 일생에 한 번쯤 겪게 되는 통과의
례 같은 것이다.

나라고 해서 삶이 별다르지는 않다. 젊었을 때는 살기 바빠

그렇게 느껴본 적이 없지만, 황혼기에 이르러 갱년기를 체감한 적이 있다. 이때의 경험을 잠깐 소개해볼까 한다.

첫째, 내 주변에 있는 지인이나 친지들을 찾아가 많은 위로를 받았다. 그분들도 나와 같은 경험이 있었기에 진심으로 공감하며 많은 위로를 주었다. 위로라는 것은 목마를 때 마실 수 있는 한 모금의 물과 같다.

둘째, 사람들과 수다를 많이 떨었다. 예전 같으면 가슴에 묻고 지낼 말들도 일부러 많이 했다. 수다는 마음에 쌓인 부정적인 감정을 토출해내는 역할을 해주기에 배우자와 살면서 혹시 쌓였을지 모를 심리적 거리를 간접적으로 되돌아보는 계기로 삼았다.

배우자와의 거리에는 두 가지가 있다. 하나는 물리적 거리다. 여러 가지 사정으로 멀리 떨어져 있을 수도 있고 가까이 있더라도 각방을 쓰는 일도 있으니 이것이 물리적 거리다. 다른 하나는 정서적 거리인데 물리적 거리와는 관계없이 서로에게 느끼는 감정의 거리다. 아무쪼록 수다를 떨면서 지금까지 쌓인 노폐물을 배출하는 것은 정신건강에 아주 유익한 방법이다. 정신과 치료에서도 수다 떠는 방법을 응용하기도 하니 스스로 해봄 직하다.

마지막으로 이런 위로나 수다를 통해 갱년기 증상들이 다소

나마 안정될 때쯤 배우자와 대화를 시도했다. 이때의 대화는 일상적인 것들이나 쉽게 말할 수 있는 화제들로 시작한다. 조금 익숙해지면 그때 비로소 현재 내가 배우자에게 느끼고 있는 심리적 거리를 솔직하게 이야기할 수 있다. 놀라운 것은 내 이야기를 들은 배우자도 나와 비슷한 느낌을 안고 살았다는 점이다. 말하지 않고 참았다면, 그래서 괴로움이 차곡차곡 쌓여갔다면 과연 어떤 결말에 이르렀을지 생각만 해도 오싹하다.

갱년기에 겪는 이런 경험은 누구나 겪을 수 있는 일이니 너무 겁먹지 말자. 두드리면 문이 열릴 것이라는 말도 있다. 두드리면 시작이고 열리면 결과다.

사회적 관계가 재정립되는 나이

　친구나 사회적 관계가 줄어든다는 것은 나이가 들면서 자연스럽게 오는 현상이다. 관계가 줄어드니 외로움이나 박탈감이 따라오는 것은 당연하다.

　나에게는 젊을 때부터 모였던 작은 동아리가 하나 있다. 이 동아리는 선후배가 친목을 목적으로 모임을 가졌다. 모일 때마다 일정 회비를 내어 식사도 하고 술도 마시고 했는데 젊었을 때는 회비만으로는 모자란 부분이 많았다. 술값이 많이 나올 때였으니 당연했다. 모자란 비용은 선배들이 나누어 내주었다. 언젠가부터는 회비만으로도 충분하더니 세월이 더 흐르면서 회비가 남기 시작했다. 돌아보니 사라진 회원이 많았다.

중장년층은 이런 의미에서 활발히 직업 활동도 하지만 상대적으로 스트레스를 가장 많이 받는 시기이기도 하다.

스트레스를 연구한 논문들을 보면 우리가 경험하는 가장 큰 스트레스는 이별이다. 그 가운데 사별은 스트레스 중 가장 큰 스트레스로 꼽힌다.

오십 이후로는 삶에서 오는 스트레스에 보태어 이런 이별의 스트레스도 함께 받을 시기이니 일생 중 가장 많은 스트레스를 받는 시기라고 할 수 있다. 위로는 부모님의 죽음을 맞이해야 하고, 아래로는 자녀들을 출가시켜 이별해야 하는 시기다. 중장년층에게는 이런 외로움과 박탈감을 어떻게 극복할 것인가가 커다란 과제일 것이다.

선배에게 선물로 받은 액자가 하나 있는데, 나는 이 액자에 담긴 가르침을 나의 외로움이나 박탈감을 극복하는 기준으로 삼았다. 액자에 쓰인 문구는 다음과 같다.

"새가 날아오기를 바라거든 먼저 나무를 심어라."

여기에서 말하는 새란 친구와 같은 주변의 인연들을 말하는 것일 테고, 나무를 심으라는 말은 친구나 인연들이 깃들 둥지를 만들라는 말일 것이다.

친구나 사회적 관계에서 외로움이나 박탈감을 극복하려면 내가 먼저 둥지를 만들거나 혹은 이미 만들어진 둥지를 찾아가는 방법밖에는 없다. 먼저 마음을 활짝 열고 둥지를 만들어보자. 그러고 나서 주변의 또 다른 둥지를 찾아본다면 외로움이나 박탈감을 극복하는 것이 그리 어렵지만은 않을 것이다.

빈 둥지는 늘 외롭다. 그리고 허전하다. 그래서 우리는 그 빈 둥지를 그득하게 무엇인가로 채우면서 마음의 위로를 받으려 한다. 하지만 그렇게 해서 마음이 채워질까. 공허함은 물질로 채워지기 힘들다. 아무리 채우려 해도 채워지지 않으니 외로움은 더 커질 뿐이다.

중년의 빈 둥지를 채우고자 한다면 남을 위해 애썼던 마음을 나 자신에게 조금씩 나누어주는, 그런 마음의 여유를 가지는 것이 중요하다. 목표를 세워 조금씩 마음의 빈 둥지를 채워나갈 수 있는 나만의 계획을 세운다면 그 역시 좋은 방법이 아닐까.

나의 외로움이나 박탈감은 어디에서 시작되고 어디에서 나오는 것일까. 혹시 그 모든 것은 내 마음의 공허함에서 나오는 것은 아닐까. 그렇다면 그 허함은 스스로 채워나가야 할 것이다.

부모님과의 인연을 마무리한다는 것

　오십 이후가 되면 이별을 해야 할 두 부류의 사람들이 있다. 첫째는 부모와의 이별이고 둘째는 자녀들과의 이별이다. 이별은 이별이지만 부모와의 이별은 다시 돌아올 수 없는 이별이다. 자녀들은 결혼하여 이별하는 것이니 언제든 만날 수 있지만 사별은 그렇지 못하다.

　연로하신 부모님을 잃는 것도 큰 슬픔이지만 돌아가시기 전까지 질병 등으로 돌봄이 필요한 경우라면 그것만으로도 큰 부담이 아닐 수 없다.

　나는 매일 아침, 사위의 차에 편승해 출근한다. 짧은 시간이지만 이런저런 대화를 나눌 수 있어 참으로 소중한 시간이다. 최근엔 요새 하고 있는 생각이라는 주제로 이야기한 적이 있다.

"이별을 연습하고 있습니다. 연로하신 어머니 병상을 삼 형제가 번갈아 가면서 지키고 있습니다."

사위의 대답에 가슴이 저렸다. 사별은 남는 자의 몫이다. 남은 가족들은 아쉬움, 슬픔, 사랑과 미움이 교차하는 복잡한 감정, 후회 그리고 뒤따라오는 죄의식 이런 복잡한 감정에 휩싸여 자신을 주체하지 못하는 경우가 많다. 이들 삼 형제처럼 마지막 시간을 보낼 수 있다면 이별 준비는 충분할 것 같다. 돌아가신다고 해도 후회 없는 보살핌을 했으니 사후의 여러 복잡한 생각에 뒤엉키지 않고, 슬픔은 있겠지만 감정을 다스릴 수 있을 것이다. 현명한 이별 준비다.

우리는 누구나 예외 없이 죽음에 이르지만 나는 이 죽음이라는 단어가 즐겁지 않다. 그래서 피하고 싶은데 내 나이 때문인지, 내게 질문하는 이들은 꼭 죽음이라는 화두로 질문하곤 한다. 그래서 나 역시 죽음에 대하여 많은 생각을 해왔다.

죽음 그 자체는 두렵지 않다. 몸도 마음도 사라질 테고 느끼고 생각할 것도 없을 테니 두렵지 않다. 그러나 죽음에 이르는 과정은 두렵다. 질병을 앓는다든지 질병이 아니더라도 노쇠하면 그 자체로 이미 고통이다. 이런 고통이 두렵다. 어쩌면 죽음 그 자체보다 죽음에 이르는 과정이 사람들에게 더 큰 불안과 두려움을 안기는지도 모르겠다. 어떻게 하면 담담한 마음으로 죽음에 임할 수 있을까. 그것이 문제다.

피할 수 없고 어차피 겪어야 할 사별의 아픔이라면 되도록 담담하게, 슬픔과 함께한다 해도 새롭게 살아갈 희망의 끈을 놓으면 안 된다. 어쩌면 그것이 먼저 떠난 분들의 가장 큰 소망일 것이다. "너무 슬퍼하지 말아라, 내 죽음은 곧 또 다른 생명의 탄생이니, 그리 슬퍼하지 말아라. 네 슬픔은 내가 모두 가지고 가마."라고.

힘듦은 괴로움을 낳고 괴로움은 또 다른 마음의 짐이니, 그저 떨쳐버리려는 마음가짐을 다지며 고인과의 아름다운 추억을 간직하자. 지는 추억이 아닌 뜨는 추억을 만들면서 말이다.

4장

돈

욕심만이 당신을 가난하게 만든다

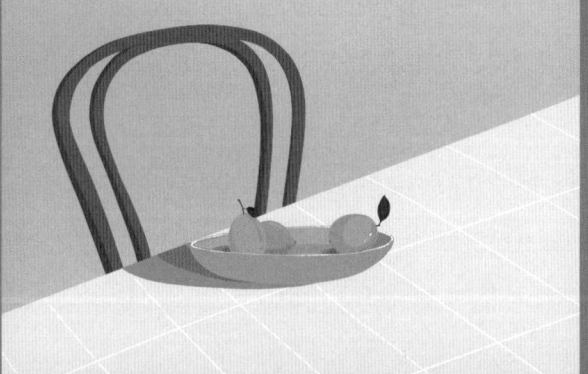

※

나만의 기준으로 돈과 삶의

적절한 균형을 유지하는 법

돈을 어떻게 여기는가

세상에 돈을 싫다고 할 사람이 있을까? 오히려 돈벼락을 맞았으면 좋겠다는 사람이 더 많을지도 모르겠다. 하지만 아무리 좋아도 돈과 자신을 지나치게 동일시하면 안 된다. 옛 성현들이 남긴 명언을 살펴보자.

돈은 최선의 종이요, 최악의 주인이다.

_프랜시스 베이컨

악의 근원이 되는 것은 돈 자체가 아니라 돈에 대한 집착이다.

_새뮤얼 스마일스

"돈은 우리의 삶에서 목적이 되어서는 안 된다. 삶의 수단이어야 한다."

철학자 김형석 교수는 한 강연에서 이렇게 말했다. 나는 이 강연을 들으면서 스스로 돈을 어떻게 생각했는지 자문해보았다. 목적과 수단이 무엇인지 구분하지도 못하고 발등에 떨어진 불 끄기에 바빠 그런 철학적인 용어가 있는지도 모르고 살았던 것 같아 반성하게 되었다.

많은 사람이 나처럼 목적이니, 수단이니 하는 분별없이 살았거나 살고 있을 것이다. 지금 당장 나를 위하여 아니면 가족을 위하여 생계를 유지하자면 돈이 필요하다. 그런 경우 돈은 그 사람의 목적이지 절대로 수단은 될 수 없다. 인식하지는 못했지만 나도 지난 많은 삶을 돈을 목적으로 살아왔다.

이제 삶의 만년이 다가와 그나마 조금 안정된 삶을 누릴 처지가 되니 철학자의 목적과 수단에 관한 이야기가 천금같이 들리는 것이다.

영국 속담에 "돈주머니가 주름 잡히면 얼굴도 주름진다"라는 말이 있다. 돈이 우리 삶에 꼭 필요하다는 것은 부정할 수 없다. 다만 정직한 수단으로 벌어야 한다.

우리가 사는 동안 필요한 것은 사실 많지 않다. 하지만 원하는 것은 매우 많다. 그중 하나가 돈이다. 돈이 있어야 삶이 윤택해지고 필요한 것, 원하는 것을 얻을 수 있다. 사실이다.

하지만 그 사실 속에 빠져들어 헤어 나오지 못한다면 삶의 여정은 괴로움과 고통의 연속일 것이다. 그러니 욕심은 내지 말자. 욕심이 과하면 우리 삶의 여정이 순탄하게 흘러가지 못할 것이다.

위에서 언급했듯이 돈을 벌자. 하지만 정직하게 벌자. 돈을 가지고 문을 노크하는 사람이 아닌 풍요로운 마음을 가지고 노크하는 사람이 되자. 그것이 진정한 삶의 의미가 아닐까 생각해본다.

정직하게 벌어 즐겁게 써라

"돈이 곧 나고, 내가 곧 돈이다."

가진 돈이 곧 인생의 가치를 결정한다고 믿는 사람들이 있다. 자기 삶의 가치를 돈을 기준으로 생각하는 사람들이다. 문제는 삶의 가치는 돈이 기준이 되어서는 안 된다는 것이다.

일생을 살면서 스스로 자신의 삶에 만족하고 다른 사람들에게서 존중받는 삶을 살았다면 가치 있는 삶을 살았다고 할 수 있을 것이다. 이렇듯 우리는 다양한 가치를 지향하면서 삶을 살아간다. 돈과 자기 자신을 동일시하는 사람은 이 부분을 간과한 것이다. 그러니 잊지 말자. 이제는 정직하게 벌고 재미있게 쓸 때다.

내 지인 중에는 자그맣게 자영업을 하여 성공한 사람이 있다. 그의 경영철학은 정직하게 돈을 버는 것이었다. 옆에서 보기에도 좀 바보스럽게 느껴질 정도로 정직하게 경영하여 차근차근 성공했다. 자녀들도 잘 키워 모두 출가시키고 말년의 삶을 즐겁게 살았다.

한번은 자녀들과 여행을 다녀왔다고 했다. 그러나 여행 후의 소회는 조금 의외였다. 해외여행은 처음이라 재미있게 따라나선 여행이었다. 그러나 정작 가는 곳은 화려한 백화점들이었고, 이것저것 쇼핑한 후에는 당연하다는 듯 계산을 요구했다고 한다. 순간 계산을 위해 나를 불렀나 싶은 생각이 들어 서운한 마음이 컸다고 한다. 그동안 번 돈을 자녀에게 물려주면 그뿐이라 생각했던 자신만의 소비 철학이 그때 조금 흔들렸다고 한다. 이제라도 나를 위해 즐겁게 돈을 쓰리라, 그런 결심이 섰다고 털어놓았다.

주변에도 자녀에게 물려줄 생각 하나로 돈을 번다고 하는 사람들이 많다. 나도 가진 것은 없지만 마음만은 자녀들에게 물려주고 싶다는 생각이 있긴 하다. 그러고 보면 우리는 돈을 버는 데는 이토록 관심이 있지만 즐겁게 쓰는 데에는 소홀한 것 같다.

돈을 모아 자녀에게 물려준다는 것은 다른 측면으로 보자면 자녀의 독립성을 저해하는 일이기도 해서 즐거운 소비와는 거리가 멀다. 자녀도 우리처럼 노력하여 성공할 수 있도록 가르쳐야 한다. 부모 자녀 간에도 경제관념은 정확해야 한다.

돈이 모든 기준의 가치가 될 수 없다. 아니라고 생각하는 사람이 더 많을 것이다. 그렇다면 우리 삶의 진정한 가치는 무엇일까. 돈보다는 즐거움과 인간관계라는 생각이 든다. 돈은 우리 삶의 일부를 유지하게 하는 수단이지 가치의 기준은 될 수 없다.

그러니 돈 때문에 즐거움을 잊거나 관계를 맺고 있는 모든 사람과의 인연을 망치고 잊힌 사람이 되지 않기를 바라는 마음이다.

돈과 삶의 균형을 찾는 방법

돈은 우리 삶에 얼마만큼 큰 영향을 주는 것일까. 자본주의 체제에서 살고 있는 사람들에게 돈이라는 존재는 참 소중하고 필요불가결한 존재다.

돈이 없다고 생각해보자. 아마 단 하루도 버틸 수 없을 것이다. 그런데 삶의 질을 연구한 많은 논문은 인간관계의 소통이라든지 사랑과 신뢰, 긍정적인 태도 등 여러 요인을 삶의 질을 높이는 요인들로 꼽고 있다. 돈도 중요한 요인이기는 하지만 삶의 질을 결정하는 1순위는 아니라는 말이다.

돈과 삶의 균형을 논하기는 대단히 어렵다. 나의 좁은 식견으로는 수입과 지출이 균등한 수준이면 균형 잡힌 경제 경영이 아닐까 생각한다. 이런 생각을 하게 된 근거는 내가 직업을 가지고 일생 봉급을 받으면서 살아왔기 때문일 것이다.

매달 일정한 액수의 금액을 받다 보니 그 금액의 범위 안에서 생활을 운영해야 해서 1 더하기 1은 2라는 아주 단순한 산술법으로 살아왔다. 지나고 보니 좀 바보 같다는 생각도 들지만 내 분수가 그만큼이었으니 그나마 돈을 탕진하고 살아오지 않았던 지난날을 스스로 칭찬해본다.

교직에 있을 때 아산재단에서 연구비를 받아 논문을 쓴 적이 있다. 연말이 되자 재단에서는 연구자들을 초청해 오찬을 열었다. 그때 참석한 자리에서 고故 정주영 회장을 만난 적이 있다. 운이 좋게 한자리에 앉게 되어 회장의 사적인 이야기를 들을 기회가 생겼다. 그때 들었던 이야기 중에 기억나는 말이 있다.

"사람들은 돈이 없어 일을 못 한다고 하는데 이해를 못하겠어요. 일하면 돈은 저절로 따라오는 것인데…. 잘 살펴보면 길모퉁이마다 돈이 보여요."

이 말을 오래도록 기억하는 이유는 한 기업을 일군 분의 돈을 바라보는 혜안이 범인과는 비교되지 않는 수준이라는 것을 알았기 때문이다. 맨손으로 세계 굴지의 그룹을 일으켰으니 말이다. 자신의 노력으로 부를 일구는 사람은 극히 적고, 잘못 활용하거나 쓸 줄을 몰라 탕진해버리는 사람은 많은 이 세상에서.

한 기업의 창업자가 나와 같은 단순한 셈법으로 돈을 벌지는 않았을 것이다. 돈을 활용하여 돈을 낳고, 그 돈이 또 돈을 낳는 그런 혜안과 능력을 갖추고 있다는 점에서 단순한 산술적 셈법을 훌쩍 뛰어넘는 그만의 셈법을 가진 것이 분명하다.

나는 비록 단순한 셈법으로 살아왔지만 그 셈법 또한 내 삶에 크게 영향을 주었고, 돌이켜 보면 굴곡은 있었지만 만족한다. 그동안 고생스럽게 헤쳐온 돈에 대한 내 생각을 합리화하는 점도 있겠지만 그런대로 잘 살아온 것 같다.

삶의 질을 결정하는 순위에서 돈이 우선순위가 되지 않았던 이유를 나는 지금까지의 삶을 통해 깨달았다. 돈을 보는 혜안이나 운영 능력 없이 욕심을 낸다면 그것이야말로 과욕일 테니.

돈 버는 일은 늘 힘들다

취미는 전문적으로 하는 것이 아니라 좋아서 즐겨 하는 일을 말한다. 사람들은 저마다 자기에게 맞는 취미를 즐긴다. 나는 이 취미를 정신을 건강하게 해주는 비타민이자 활력소라고 생각한다.

간혹 취미라는 것을 모르고 일에만 평생 몰두하는 사람이 있다. 일은 소중하지만 일에만 몰두하여 곁눈질하지 않고 취미도 없다면 어떤 삶이 될 것인가. 반대로 취미 생활이 너무 지나쳐서 자기가 맡은 본질적인 일을 소홀히 한다면 또 어떤 삶이 될까. 취미 생활 없는 무미건조한 삶도, 취미에만 몰두한 삶도 건강하지는 않다고 생각한다. 중요한 것은 언제나 균형이다.

두 지인의 이야기가 있다. 한 사람은 고위공직자로 정년퇴직했는데 퇴임 후에 유명 골프장 사장으로 취임했다. 주변에서는 그의 취임을 축하하며 이렇게 말했다.

"자네가 그렇게 좋아하던 취미가 골프였는데 이제 골프장 사장이 되었으니 이 얼마나 좋은 일인가!"

친구들은 진심으로 건넨 이야기였지만 그는 의외의 답을 했다. 자기도 처음에는 그렇게 생각했는데 막상 사장이 되어 골프장을 경영하다 보니 그런 재미는 사라지고 경영에 대한 걱정이 앞서고, 라운딩을 하더라도 취미로 할 때와는 달리 골프장의 손상된 환경 같은 것이 눈에 띄어 그것을 바로 잡고 다니느라 취미와는 멀어지게 되었다고 말이다. 취미가 일이 되어버린 것이다.

다른 지인은 한 대학의 국문학과 교수로 정년퇴직했다. 그는 퇴직 후의 삶을 고민하다가 책방을 열기로 했다. 교수 시절부터 책과는 인연이 많았고 무엇보다 책을 좋아했기에 책방을 열면 책을 실컷 읽을 수 있다고 생각했다. 취미를 즐기면서 돈도 벌 수 있으니 얼마나 좋은 일인가. 하지만 막상 책방을 열고 보니 독서는커녕 손님을 기다리느라 책 근처에도 가지 못했다고 한다. 그가 소망했던 책방은 날이 갈수록 애물단지가 되어갔다.

일과 취미를 구별하지 못하면 두 지인의 사례처럼 좋지 않은 결과를 낳게 된다. 일이란 내가 가진 능력을 최대한 집중적으로 발휘하여 성취시키는 것이 목적이다. 자영업도 그렇겠지만 월급을 받는 처지도 마찬가지다.

고용주는 나의 능력을 최대한 발휘하여 생산성을 높이기를 바란다. 그러니 작업자 입장에서는 자기 능력을 최대한 집중적으로 발휘해야 할 의무와 책임을 갖게 된다. 아무리 잘하는 일이라도 일이란 의무가 붙으면 피곤이 쌓인다. 돈을 버는 일과 돈을 쓰는 취미는 확연히 구분되어야 삶의 질을 높일 수 있다.

실패를 인정하는 용기

사람들은 자기가 목적한 일을 성취하지 못하면 모두 실패했다고 좌절한다. 나는 정신과 의사로서 그렇게 좌절한 사람들을 상담으로 도와주는 일을 해왔다. 이 실패한 사람들의 좌절을 상담으로 보듬어주는 일을 했다. '실패는 성공의 어머니'라는 흔한 말을 인용하면서 좌절한 사람들의 마음을 다스리는 데 도움을 주고자 애썼다.

나폴레옹은 자기 사전에는 실패가 없다고 장담했다. 워털루 전투를 비롯해 숱한 패전을 경험했는데 왜 그런 무모한 생각을 하게 되었을까 싶다가도 좌절한 환자들을 상담하면서 나폴레옹과 같은 말을 해주었다. 물론 내가 그 말을 사용한 의미는 다르다. 목적을 달성하지 못하더라도 그 일을 위해 내가 한 만큼의 결과는 성공이라는 뜻으로 전한 것이다.

200쪽짜리 책을 읽는데 100쪽밖에 못 읽었다면 목적한 바로는 실패겠지만 100쪽까지 읽는 데는 성공했다는 뜻이다. 실패라는 단어보다 자기가 노력한 만큼은 성공했다는 자신감을 불러일으키기 위한 의도였다.

내 지인 중 하는 사업마다 실패하는 사람이 있다. 사업의 내용이나 장래성을 보면 모두 해볼 만한 사업이었으나 그는 3분의 2 정도 진행하다 보면 꼭 어려움에 부딪혀 다른 사람에게 사업을 넘기는 식의 실패를 거듭했다. 하는 사업마다 이런 상황이다 보니 가족이나 지인들에게 큰 피해를 안기기도 했다.

곁에서 본 친구들은 그의 실패 원인을 알 것도 같았다. 친구는 여러 번의 실패에도 불구하고 계속 같은 방법으로 사업을 시작했다. 같은 방법으로 계속 실패를 반복한 것이다. 정작 본인은 그 이유를 깨닫지 못한 것 같지만 말이다.

실패는 성공의 어머니라 했으니 내 친구도 그만큼 실패를 계속했으면 이제 성공하는 방법을 깨달을 때도 됐는데 전혀 아니었다.

불교의 가르침 중에 자심반조自心返照라는 말이 있다. 이 말의 뜻은 "스스로 마음을 돌이켜보라"다. 내 친구가 실패한 이유는 사업의 실패를 스스로 되돌아보지 못한 데 있다. 이렇듯 실패는 성공의 어머니라는 말은 자심반조를 할 수 있는 사람에게만 적용되는 명언이다. 생각해보라. 자심반조도 없이 자기가 실패했던 방법 그대로를 고집하여 백 번 도전한들 이어지겠는가!

실패한 사실을 그대로 인정하고 왜 실패했을까를 객관적으로 살필 수 있는 여력이 있다면 다음 도전은 실패하지 않을 것이다. 이런 의미를 담아 나를 찾아온 많은 실패자들에게 도움을 주는 근거로 삼았다. 실패를 겸허히 인정하고 직면하여 그 원인을 살펴볼 수 있는 용기를 가진 자만이 실패를 성공의 어머니로 삼을 수 있다는 의미로 말이다. 이런 겸허한 직면이 없다면 그에게 실패란 영원한 실패로 고착될 것이다. 실패한 감정을 처리하지 못해 실패를 반복했다는 사실을 인정하지 않는다는 게 실패하는 사람의 공통점이다. 그런 감정은 인정하기 어렵고 직면해 보기란 더 어려운 일이다.

토머스 에디슨은 필라멘트 전구를 만들기 위해 숱한 실패를 반복했다. 그와 함께 연구하던 제자들이 이번까지 모두 100번의 실패를 했다고 알려주자 에디슨은 "그것은 실패가 아니다. 다만 작동하지 않는 방법을 100가지 찾아냈을 뿐이다"라고 말했다고 한다. 그런 마음을 가졌던 덕분에 그가 후세에 발명왕으로 기억되는 것은 아닐까.

5장

질병

죽음을 두려워할수록 비루해지는 삶

✳

질병 앞에서도

결코 흔들리지 않는 법

집착과 통제의 정의

인간은 감정의 동물이다. 인간을 만물의 영장이라 부르는 데
는 이런 이유도 한몫한다. 감정은 우리가 가장 기본적이고 여
러 형태로 살아갈 수 있게 하는 삶의 근간이 되기도 한다. 감정
을 잘 다스리면 그 주인이 될 것이고, 통제하지 못하고 휘말려
산다면 감정의 노예가 될 것이다. 결과적으로 말하면 이런 감
정을 표현하고 행동으로 이행하는 것을 자신이 잘 통제할 수
있느냐 없느냐에 따라 우리 삶의 질적인 가치 속에 살 것인지,
동물처럼 본능적인 삶을 살 것인지가 결정된다.

집착이란 말과 통제라는 말은 언뜻 보기에는 전혀 다른 의미의 단어로 보이지만 심리학에서는 이 두 단어 사이에 연결 고리가 있다고 본다. 단어의 사전적인 의미와 심리학적인 해석이 조금 다른 것이다.

　우선 집착은 어떤 일이나 사물에 마음이 쏠려 잊지 못하고 매달린다는 의미를 가진다. 그러나 심리학에서는 부정적인 감정에서 파생되는 사고와 행동을 부정적으로 몰고 갈 때 사용하는 말이다. 그래서 통제라는 말이 연결되는 것이다. 통제라는 말보다는 조절한다는 의미로 보면 더 좋겠다.

　프로이트 이론에 따르면 사람의 마음은 본능, 자아, 초자아라는 구조로 되어 있다. 이 세 가지 기능이 서로 조화로우면 마음이 건강하다고 하고, 조화를 잃으면 병리적인 상태가 된다고 한다. 예를 들어 본능은 뜨거운 물이다. 이에 비해 초자아란 찬물에 비유된다. 이 둘을 조화롭게 중재하는 기능을 가진 것이 자아의 기능이다. 자아는 초자아와 본능 사이에서 중재 역할을 하는 일종의 복덕방 역할을 한다. 본능의 입장에 보면 뜨거운 기운을 잃는 것이고 초자아의 입장에서는 찬 기운을 잃는 것이다. 그러나 자아의 중재로 얻은 물은 미지근한 물이다. 누이 좋고 매부 좋은 일이다.

　초자아의 통제가 심하면 마음은 신경증을 앓는다. 본능적인 욕구와 통제를 벗어나면 정신병을 앓는다. 그래서 가장 중요한 것이 자아의 현실 검증 기능이다. 집착과 통제 욕구의 경계를 따로 특정하기에는 어려우나 서로 연결되어 있는 마음의 행로라고 이해할 수 있다.

우리들의 삶에서 나는 어떤 삶을 살아왔는지 되돌아보는 데는 여러 가지 방법이 있을 수 있다. 마음의 구조를 토대로 자신의 삶을 되돌아보는 기준을 세워보는 것도 한 방법이다.

나의 자아의 강도는 어느 정도일까? 본격적인 이야기에 앞서 이것부터 먼저 자문자답해보자.

몸이 아픈 당신에게

살면서 스트레스를 받지 않고 지내기란 정말 어려운 일이다. 그중에서도 질병만큼 큰 스트레스를 주는 일도 드물다.

질병은 감기처럼 치료하면 원 상태로 되돌릴 수 있는 종류가 있는가 하면, 만성적인 성인병처럼 평생 관리하면서 살아야 하는 것, 그리고 현대 의학으로는 장담할 수 없는 심각한 질병도 있다.

이런 심각한 질병을 진단받는다면 누구라도 크게 충격을 받게 된다. 이런 경우는 몸보다 마음이 먼저 무너지는 경우가 많다. 마음이 무너진다는 것은 좌절과 포기를 뜻한다. 마음이 이런데 몸이라고 온전할까.

내가 학생이었을 때 배운 내용 중에 이런 이야기가 생각난다. 회복하기 어려운 질병에 걸린 사람에게 어떤 질병인지 알려준 것과 알려주지 않은 경우, 어느 쪽의 여명이 더 긴가에 관한 연구 내용이다.

놀랍게도 병명을 알게 된 환자가 모르고 지낸 환자보다 여명이 짧았다. 몰랐으면 더 살 수 있었을 텐데 알게 된 후로 영향을 크게 받았다는 이론이다.

사람들이 충격을 받아들이는 과정을 단계별로 연구한 결과도 있는데, 그 첫 번째는 중병을 진단받고 나서 사실이 아니라고 부정하는 심리다. 내가 이런 병에 걸릴 리 없다고 부정하는 것이다. 두 번째는 거부하면서도 서서히 인정하는 단계인데, 이때의 감정은 분노다. 세 번째는 우울 단계다. 그다음 단계는 자신에게 닥친 질병을 현실적으로 받아들이고 신변을 정리하는 과정이다.

이런 과정은 누구나 겪을 수 있지만 사람에 따라서 받아들이는 방법은 천양지차다. 비교적 성숙한 인격 발달을 경험한 사람은 앞서 이야기한 단계들을 짧게 경험하지만, 상대적으로 그렇지 못한 사람은 좀 더 길게 경험하게 된다. 시간의 차이만 있을 뿐, 사람은 모두 같은 과정을 밟아 인생의 마침표를 찍는다. 이런 상황에 놓인 사람들에게 무슨 말이 위안이 되겠는가.

그럼에도 나는 이런 말을 전하고 싶다. 사실 이 말은 나 스스로에게 하던 조언이기도 하다. 누구나 충격을 받으면 위로받고 싶은 마음이 생긴다. 위로가 무슨 도움이 되겠느냐고 생각하겠지만 위로는 그 자체만으로도 도움이 된다. 이 도움을 남이 아닌 내게 해준다면 어떨까. 지금까지 살아오면서 쉬운 궤적만을 밟아온 사람은 별로 없을 것이다. 그 만만치 않은 궤적을 용케 헤쳐가면서 여기까지 온 자기 자신을 먼저 위로해보는 것이다.

빈말이 아니다. 쉽지 않은 인생길을 뚜벅뚜벅 걸어온 것만으로 찬사받아 마땅하다고, 그렇게 나를 위로하자.

그러나 좌절하지 마라

다른 사람에게는 오지 않는 불행이 나에게만 닥친다면 우리는 보통 어떤 감정이 들까? 그 일이 자기의 생명과 직결되는 질병이라면 당사자가 느끼는 감정은 같을 것이다. '왜, 이런 고통이 나에게만 오는가?'라는 억울한 마음. 무엇으로도 표현할 수 없는 마음일 것이다.

쉽게 예를 들어보자. 발병할 수 있는 확률은 10만 분의 1 수준인 어떤 질병이 있다고 하자. 이런 희소한 질병에 걸릴 확률은 지극히 적지만 만약 그 한 사람이 당신이라면 어떨까. 모르긴 해도 '왜 나에게 이런 끔찍한 일이 생기는 걸까'라는 억울한 마음이 가장 먼저 들 것이다. 아울러 아쉬움과 분노와 같은 감정도 생겨날 것이다.

당연하다. 어떤 말로도 위로되지 않을 것이다. 그러나 분노하고 억울해한들 결과는 바뀌지 않는다. 불가항력의 일이라면 내 마음을 스스로 달랠 수밖에는 없다. 생명이 탄생하고 소멸하는 것은 누구에게도 예외 없는 진리인데 이를 누가 거역하겠는가.

'진인사대천명盡人事聽天命'이라는 말이 있다. 사람으로서 할 수 있는 일을 다하고 그 결과는 하늘의 명을 기다려야 한다는 것이 불변하는 이치다. '왜 이런 병이 나에게만' 하는 감정의 폭발은 당연하지만, 집착하여 매달린다고 해결할 수 있는 문제가 아니니 마음을 담담하게 연착륙시킬 수 있는 방법을 지금까지 살아온 각자의 경험과 통찰로 연마해야 할 일이다.

비켜 갈 수 없는 숙제, 간병

긴 병에는 효자가 없다는 말이 있다. 아이러니하게도 이 말은 조선 시대부터 전해온 말이다. 조선 시대의 사회적 가치는 유교 사상이었는데도 말이다.

조선 시대에는 부모가 돌아가시면 자식은 스스로 죄인이라 칭하며 삼 년 동안 산소 옆에 움막을 짓고 시묘하는 관습이 있을 정도로 효를 중시했다. 그런데 긴 병에 효자가 없다니, 모순점 많은 말이 아닌가. 간병은 그만큼 고된 일이 아닐 수 없다.

부모의 병간호를 할 때는 어떤 감정이나 태도로 임하는 것이 효도일까? 내가 학교에 다닐 때만 해도 병든 부모를 요양 시설에 보낸다고 하면 '현대판 고려장'이라고 해서 주변의 눈치를 봐야만 했다.

그러나 요즘은 다르다. 요양 시설도 잘 갖추어져 있고 종사하는 간병인도 모두 훈련받은 전문 인력이다. 자녀들도 옛날과는 달리 요양원에 의뢰하는 경우가 많고 이는 점점 더 많아지는 추세다. 가족은 비록 혈연관계이기는 하지만 오래도록 병간호할 만한 지식이나 기술이 없기에 사실상 불가능한 일이다.

현대의 효자는 병간호를 전공한 전문의료인이다. 비록 혈연관계는 아니지만 병간호는 자녀 못지않으니 효자가 아닐 수 없다.

첫째는 비혈연관계이니 환자를 객관적인 시선으로 바라볼 수 있다는 점이다. 둘째로는 의료 지식에 따라 규칙적으로 돌볼 수 있는 기술이 있다는 점이다. 셋째는 환자를 감정이 아니라 이성적으로 바라볼 수 있기 때문이다.

간병인이라고 해서 어찌 측은지심이 없겠는가. 그러나 측은지심이 지나쳐 가족처럼 감정에만 휩싸인다면 많은 환자를 돌볼 수 없다. 이 밖에도 더 많은 이유가 있지만 이것만으로도 효자가 되기에는 충분할 것이다.

지금은 옛날처럼 유교적 가치 속에 살아갈 수 있는 한가한 세상이 아니다. 비록 가족이 간병인 자격을 취득하여 부모를 보살핀다고 하더라도 혈연이라는 감정을 완전히 뛰어넘어 객관적인 전문가 입장으로 보는 데는 한계가 있다. 그것보다는 잘 갖추어진 시설과 전문적인 간병인이 있는 시설로 모시는 것이 현명하다.

내가 학생이던 시절에는 요양 시설이라고 해도 전문적인 교육이나 경험 없는 사람이 운영하는 경우가 많았기 때문에 피하는 일이 많았다. 그러나 내가 의사가 되고 경험을 쌓아가는 동안 사회적 환경이나 의료적 환경도 몰라보게 달라졌다.

지나치게 혈연관계에 의존해서 시설을 피하는 분이 있다면 공포와 낯섦에서 조금만 물러나 판단해보는 것이 어떨지 조심스레 권해본다.

나를 살리기도 하는 고통

질병과 같은 큰 스트레스를 경험한 사람들은 대개 삶에 큰 변화를 보인다. 삶의 가치가 변하는 경우가 대부분이다.

내가 수련의로 일할 때 만난 환자는 조현병 증세로 입원 치료를 하고 있었다. 하루는 환자가 병실 밖에서 나무에 오르다가 떨어져 심하게 다친 적이 있다. 나무에 올라가는 행동도 조현병에서 흔히 볼 수 있는 피해망상 때문이었다. 누가 자기를 헤친다는 망상 때문에 나무 위로 도망을 치다 떨어진 것이다.

이 사고로 골반과 척추에 손상을 입은 환자는 수술까지 했지만 하반신 마비가 왔다. 그런데 이상하게도 조현병 증세가 눈이 띄게 해소되어 있었다. 조현병이 완쾌까지는 아니어도 상당 부분 개선된 것처럼 보였다. 낙상하기 이전이나 낙상 이후의 정신과적인 치료에는 변경이 없었는데 증상들이 사라졌으니 이상한 일이다.

정신과적인 여러 가설 중에 큰 스트레스를 받으면 지금까지 받았던 작은 스트레스에 대한 증상은 없어진다고 했으니 억지로 설명을 붙이자면 그 환자도 나무에서 떨어지는 큰 스트레스 때문에 지금까지 앓고 있던 조현병 증상이 사라졌는지 모른다. 물론 확실하게 밝혀진 사실은 아니다.

질병뿐 아니라 여러 가지 큰 스트레스는 우리가 삶에서 겪는 위기에 해당한다. 위기는 위험과 기회를 말한다. 위험은 누구나 당해보면 알 일이라 굳이 설명이 필요없을 것 같다. 그런데 위험과 기회가 함께 있다는 것은 쉽게 이해하기가 어려울 것이다.

위기라는 말은 위험한 상황이 우리에게 고통스러운 스트레스이기는 하지만 잘 극복한다면 그 극복의 결과가 기회가 되는 계기가 될 수 있다는 뜻이다. 문제는 위험을 극복하면서 기회를 놓치지 않고 잡는 사람이 있는가 하면, 그 위험의 후유증으로 다가온 기회까지 잃어버리는 사람이 있다는 점이다.

질병은 다른 상황 때문에 생기는 위험보다 더 크게 느껴지는 위험이다. 이런 위험을 당하면 누구나 당황하여 고통을 증폭시키는 경우가 많다.

호랑이 굴에 잡혀가도 정신만 차리면 살 수 있다는 말을 다들 알 것이다. 위기가 닥쳤을 때 정신을 차릴 수 있는 사람과 정신을 차릴 수 없는 사람이 있다. 정신 차릴 힘을 가진 사람은 다른 말로 자기 객관화에 성공한 사람이라고 할 수 있다.

자기 객관화란 자기 마음을 다른 사람의 마음을 보듯이 볼 수 있는 능력이 있다는 뜻이다. 이런 능력이 있는 사람이라면 절대로 삶이 주는 숨은 기회를 놓치지는 않을 것이다.

큰 스트레스는 우리의 마음을 충격에 빠뜨리고 정신을 혼미하게 만들지만 흔한 저 속담을 생각하자. 정신을 차리고 기회의 선물을 받아보자.

질병과 죽음 언저리에서

질병은 일시적인 것이라 치료하면 원상회복이 가능하다. 그러나 만성 질병은 질병에 따라 서서히 죽음에 이르는 경우도 있다.

넓게 보면 우리가 삶을 살아가면서 나이가 든다는 것 자체가 죽음에 이르는 과정이다. 하루가 지나면 하루만큼 죽음에 가까워진다는 뜻이다.

죽음에 이르는 질병을 앓다 보면 사람의 생각도 많이 달라진다. 앞서 언급한 환자 이야기를 다시 예로 들어보자. 이 환자는 피해망상에 쫓겨 나무 위로 올라갔다 땅으로 떨어져 척추를 심하게 다쳤다. 수술했음에도 하반신 마비가 왔다. 그런데 신기하게도 그가 오래도록 앓고 있던 조현병 증상들이 외견상 사라져버렸다.

너무 놀라운 상황이라 쉽게 이해되지 않았다. 혹시 이미 가진 질병보다 더 큰 충격을 받으면 기존 질병이 호전되는 것은 아닐까 하는 상상까지 해보았다.

앞서 질병으로 사망에 이르기까지 직면하게 되는 단계를 이야기한 적이 있다. 첫 번째는 부정, 두 번째는 분노, 세 번째는 협상, 네 번째는 우울, 마지막은 수용이다. 이 가설을 근거로 질병과 죽음이 주는 교훈이 있다면 사람은 아무리 힘든 일이라도 한 단계, 한 단계 넘어설 때마다 그 상황을 순리로 받아들이는 지혜를 가지고 있다는 점이다.

질병이나 죽음은 누구에게나 두려운 존재다. 이 두려움을 극복하고 수용해나가는 데에는 개인차가 있겠지만 대개 이 다섯 단계를 거친다.

사람에 따라 그 단계를 길게 느끼거나 짧게 느낄 수도 있고, 때로는 뛰어넘을 수 있다고도 생각할 수 있다.

사람은 태어나면 누구나 죽음에 이른다. 이 진리를 모르는 사람은 없을 것이다. 그럼에도 불구하고 머리로는 이해하지만 가슴으로 받아들이는 사람은 극히 드물다. 그렇기 때문에 위의 다섯 단계를 겪어가며 순리에 도달하게 되는 것이다.

부정의 감정만 생긴다고 걱정할 필요 없다. 곧 다음 단계로 넘어가는 지혜를 얻게 될 것이다.

우리가 삶에서 직면하는 모든 것 중에 그냥 우리 앞에 스쳐 지나가는 것은 하나도 없다. 눈앞의 지혜를 그 상황에서는 잡지 못할 뿐이다.

객관적인 지표로 설명할 수는 없지만, 내 개인적인 적인 경험으로 미루어볼 때, 사람이 질병을 앓게 되면 그전보다는 좀 더 대범해지는 것 같다. 대범해진다는 것 자체가 한 단계, 한 단계 넘어갈 때마다 생기는 지혜를 터득했다는 뜻이 아닐까.

한 고승은 영면에 들기 전에 "나 이제 가련다"라는 말만 남겼다고 한다. 득도한 사람에게는 죽음이 이토록 단순한 것일까 싶지만, 다시 생각해보면 고행하는 매 순간 한 단계, 한 단계 밟아왔을 모습이 선하게 떠오른다.

질병도 삶의 일부요, 죽음도 삶의 일부이니 고승처럼 덤덤하게 받아들이려면 평소에 많은 수행이 선행되어야 할 것이다.

수행의 길은 멀고 먼 길이겠지만 오늘 하루 최선을 다해 살아가면 내일이 오듯, 천천히 이루어가다 보면 죽음에 이르는 길도 반갑게 맞이하는 날이 오지 않을까.

죽음은 삶의 연장이 아니다

　사람의 삶과 죽음은 하나가 아니다. 별개의 존재다. 삶은 삶이고, 죽음은 죽음이다. 과학이 발달하면서 죽음의 비밀은 거의 밝혀졌는데, 죽음 후의 세계는 규명된 것이 없다.

　하지만 사람들은 아직도 삶과 죽음을 연장선상에 두고 하나라고 고집하거나 믿고 싶어 한다. 그것은 우리의 소망일 뿐 지금까지 알려진 과학적인 근거로는 죽음이 삶의 일부라는 증거가 되기는 어렵다.

　예전에 죽음도 삶의 일부로 받아들이기 위해서는 어떻게 해야 하느냐는 질문을 받은 적이 있다. 이 질문에 답을 하기 위해서는 실존주의 정신분석학자 빅터 프랭클의 가설을 인용해야 할 것 같다.

유대인이었던 빅터는 2차세계대전 당시 죽음의 수용소에 감금되었다가 독일이 패전하면서 풀려났다. 당시 수용소에서 죽임을 당한 유대인의 수가 600만 명이 넘는다고 하니 이 지옥에서 살아난 빅터는 정말 운이 좋았다고 할 수 있다.

그는 생과 사를 넘나들었던 당시의 경험을 《죽음의 수용소에서》라는 책으로 남겼다. 이 책은 죽음이라는 거대한 공포 속에서 사람들이 어떻게 변해가느냐를 관찰한 기록이다.

그의 설명에 따르면 한 부류는 본능적인 수준으로 퇴행하여 마치 동물과 같은 수준으로 변하는가 하면, 다른 한 부류는 죽음의 공포를 승화하여 마치 성인처럼 보이는 담담한 태도를 보였다고 한다.

아무리 죽음의 공포가 크더라도 설마 사람이 짐승처럼 퇴행할 수 있을지 의문이나 달리 생각해보면 수용소에서의 죽음이란 일상에서의 그것과는 다르지 않겠는가. 죽는 것이 아니라 죽임을 당하는 것이니 그 공포는 이루 말할 수 없을 것이다. 그런 살육 앞에서 성인처럼 담담해질 수 있다니 그것이 대단할 뿐이다.

내가 여러 해답을 두고 프랭클의 저서를 예로 든 것은 죽음

앞에서 마음을 훈련하는 데 가장 적합한 기준이 되지 않을까 하는 생각 때문이다.

나는 의학을 전공한 사람으로 죽음이 삶의 연장선상에는 있다고는 생각하지 않는다. 그렇다고 해서 내가 무신론자이거나 한 것은 더욱 아니다. 내가 공부한 과학적인 것을 기준으로 그렇다는 뜻이다.

앞으로 과학이 더 발달하여 사후세계가 있다는 것이 증명된다면 그땐 나 또한 그것을 믿을 것이다. 물론 과학을 공부한 사람조차도 삶과 죽음을 연장선상에 두고 믿기도 한다. 이는 아마도 그런 사후세계가 있어서 지금의 삶이 연장되었으면 하는 우리들의 소망이 크기 때문이지 않을까 하고 생각해본다.

우리 삶에는 언제나 죽음의 그림자가 있다. 그러나 죽음이 결정됐다고 해서 지금의 삶이 비루한 것은 아니다. 현재의 삶은 언제나 소중하고 값진 것이기 때문이다.

6장

노후 걱정

불안은 미래에서 오지 않는다

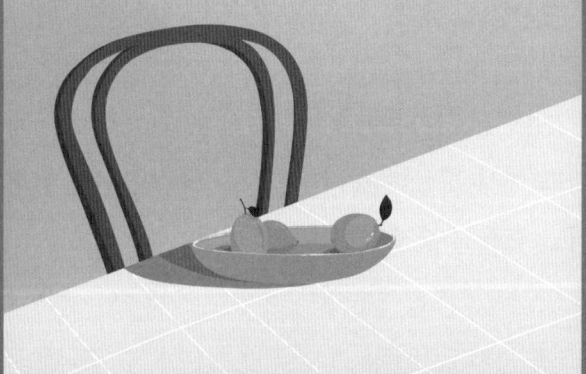

✳

걱정에 휘둘리지 않고

마음의 항상성을 유지하는 법

인생은 원래 마음대로 되는 게 아니다

인생이 마음대로 되지 않을 때 사람의 마음은 흔들릴 수밖에 없다. 계획대로 되지 않고 실패에 이른다면 마음이 흔들리지 않는 사람이 어디 있겠는가.

나는 가족과 식사하면서 대화를 나눌 때는 종종 이런 말을 한다.

"내 마음대로 되는 것이 하나도 없다."

이런 말을 하면 가족은 펄쩍 뛴다. 일생 자기 마음대로 산 사람이 누구인데 이제 와서 그런 말을 하냐며 저항이 만만치 않다.

나는 수세에 몰리다 못해 "농담도 못 하나?"라는 말로 수습해보지만 그런 말은 귀에 들리지 않나 보다. 나는 그런 곤욕을 치르면서도 틈만 나면 같은 주장을 되풀이해보았다. 농담 반 진담 반이기도 하지만 내 말을 듣고 펄쩍 뛰는 가족의 모습이 재미있기 때문이다. 물론 나도 가족들이 하는 지적에 귀를 기울이고 지난날을 회상해보게 된다.

사실 살면서 내 마음대로 안 된 것도 많고 내 마음대로 한 것도 많다. 설령 내 마음대로 했다고 하더라도 그것이 법률적으로나 사회적 규범에 벗어난 행동까지 한 적은 없다. 우리가 사는 사회적 가치 속에서 이런 일 저런 일들을 자유롭게 했을 뿐이다. 그저 내 삶의 새로움에 대한 호기심을 찾고 그 호기심을 실천해본 것인데 가족 눈에는 그렇게 비쳤나 보다.

인생이 계획대로 되지 않는 이유는 여러 가지가 있을 것이다. 계획을 잘 세웠는데도 이루지 못했다면 계획할 때는 예견할 수 없었던 미래의 불확실성 때문일 것이다. 그 불확실성은 대개 천재지변이거나 인재다. 아무리 계획을 잘 짜고 실행한다고 해도 이런 이유는 걸림돌이 된다.

다른 하나는 계획 자체를 잘못 수립한 것이다. 욕심을 넘어선 과욕으로 계획을 수립했으니 이루기가 어려울 것이다.

정신과 의사로서의 내 삶을 되돌아보면 경험의 흐름에 따라 치료 계획이 점차 바뀌었다는 것을 알 수 있다.

수련을 받던 초년병 시절에는 병의 진단에 몰입했다. 교과서에 나와 있는 조건에 맞추어 환자를 보았다. 전문의가 되어 경험이 좀 쌓이면서 그런 병을 앓는 주체는 사람이라는 것을 인식했다. 그러면서 사람이 앓는 질병에 관한 관심으로 옮아갔다.

중년 이후 더 많은 경험을 쌓고 나서는 병의 진단보다는 사람을 이해하는데 몰두했다. 사람을 먼저 이해하면 병이 왜 생겼는지 알아내는 것은 그리 어렵지 않았다.

내가 병의 테두리만 이해하려고 했다면 초년 시절에 환자에게서 들었던 반응을 계속 받았을 것이다. 그때 나에게 진료받았던 환자 가운데 많은 사람이 이렇게 말했다.

"선생님은 내 마음을 몰라요."

지금 생각하면 이 말의 뜻은 자신을 이해하지도 못하면서 이러니저러니 병을 말한다고 하는 항변이었을 것이다.

되돌아보면 이 모든 과정도 정신과 의사로서 성장하는 계획된 과정의 일부인 것만 같다.

결론적으로 중년 이후의 삶의 불확실성을 받아들이기 위해서는 세월과 경험이 필요하다는 것을 강조하고 싶다. 계획은 각 개인이 따로 목표를 세워 수립하는 때도 있겠지만 넓게 본다면 삶 그 자체가 이미 계획된 순서를 밟아나가고 있는 것이 아닌 가도 싶다.

심심한데 오늘도 집에 가서 내 마음대로 된 것이 하나도 없다고 짓궂게 말해보고 싶다. 오랜만에 어떤 반응이 돌아올까?

누군가는 삶에 있어 좌절을 맛보고, 누군가는 희망을 느끼며, 또 누군가는 그 둘을 동시에 느끼기도 할 것이다.

나는 늘 왜, 내 인생은 마음대로 되지도 않고 좌절과 고통과 그에 따른 슬픔이 전부일까 하고 자책하는 사람도 있을 것이다. 기우다. 좌절을 겪거나 고통을 느껴본 사람은, 슬픔을 느껴본 사람은 앞으로 나갈 수 있는 원동력을 경험하는 것뿐이다.

상처가 없는 사람이 없다. 그저 그 상처를 덜 앓는 사람이 더 앓는 사람을 안아주는 것이다. 그러면서 우리 삶은 지나온 과거가 아닌 불분명하더라도 미래에 대한 계획을 세우며 늘 새로워지는 것이라고 본다.

긴 겨울이 지나고 봄에 얼었던 땅을 비집고 새록새록 나오는 새싹의 그 강인함처럼.

내려놓음의 출발점

자신의 마음을 원하는 대로 통제할 수 있는 사람이 있을까. 분명 내 것이지만 원하는 대로 되지 않는 것이 사람의 마음이다. 심리적 기술이라는 말도 있지만 교과서 같은 기술이 통용되는 데는 분명 한계가 있을 것이다.

우리는 늘 집착이나 미련의 위험성에 대해 이야기한다. 그러면서 마음을 내려놓으라 하는데 마음을 내려놓는다는 게 말처럼 쉬운 것은 아니다. 그렇다면 어떻게 집착을 버리고 내려놓음에 가까워질 수 있을까.

나는 치료자이기 때문에 이런 분리 작업을 위해 여러 방법을 동원한다. 당연히 치료자도 치료자이기 이전에 사람이라서 사람마다 성질이 다르듯 치료자의 성격에 따라 그 기술도, 적용도 다르다.

내가 경험을 쌓으면서 일관되게 적용한 기술이 있다면 내담자의 근기, 즉 참을성 있게 견디는 힘을 기준으로 삼은 것이다. 근기를 의학적으로 말하면 자아의 강도가 높다는 말과도 같다. 자아의 강도가 높다는 것은 자기를 직면하는 능력이 상대적으로 높아서 자신의 마음을 객관화하여 볼 수 있는 힘이 있다는 것이다. 반면 근기가 약한 사람은 자아의 강도가 약하다고 말할 수 있다. 이런 사람에게 자신을 객관화하여 직면해보라고 한다면 그나마 남아 있던 근기조차 무너지고 말 것이다.

이런 점을 고려하여 각자의 근기를 기준 삼아 각기 다른 치료 방법을 선택했다. 간추려 말하면 근기가 센 사람에게는 자기 통찰을 할 수 있도록 도왔으며, 근기가 약한 사람에게는 당장의 통찰보다는 그가 지닌 약한 근기를 북돋아주는 방법을 기술로 삼았다.

사람은 누구나 자기 마음을 올바르게 보지 못한다. 특히 집착하는 마음이 발전하여 망상으로 이어지고 망상의 사고체계로 일관한다면 이는 강력한 접착제로 딱 붙여놓은 것과 다를 바 없다.

이런 사람에게는 긍정적이고 새로운 생활 습관을 하나 더 마련하도록 돕는 일이 당장 마음을 내려놓는 일보다 효과적이다. 집착하는 마음이 있다 해도 삶을 지배하는 순위가 달라질 것이니 다행히 긍정적인 생활 습관으로 인하여 집착이 삶의 먼 순위로 밀려날 수 있다면 그보다 더 다행스러운 일이 어디 있겠는가.

불안에도 강해지는 날이 온다

불안한 마음은 겉으로 드러나기 마련이다. 초점 없는 눈빛, 쉴 새 없이 흐르는 땀, 불규칙한 심장박동이나 초조한 걸음걸이 등으로 말이다.

가장 눈에 띄는 것은 단연 얼굴이다. 불안한 마음을 숨기고 담담한 표정을 짓는다는 것은 보통 일이 아니기 때문이다.

오랜 세월을 살아온 노인의 표정을 보면 젊은 사람에 비해 덤덤해 보이는 경우가 많다. 감정조절이 잘되어 성숙한 단계에 이르렀다 볼 수 있겠으나 나는 종종 혹시 겉으로 드러나지 않는 불안을 안고 있는 것은 아닐까 걱정이 되기도 한다. 노년의 담담함은 어디에서 비롯되는 걸까.

십여 년 전, 출근을 위해 주차장으로 내려가다 계단에서 발을 헛디뎌 머리를 심하게 다친 적이 있다. 피가 흐르는 머리를 만져보니 머리뼈에 문제가 있는 듯했다. 골절이나 뇌실 이상이라면 아주 심각한 문제였다.

구급차를 타고 병원 응급실로 향하는 도중, 사이렌 소리를 들으면서 문득 이런 생각이 들었다.

'나의 삶도 이렇게 마감하는구나.'

그런데 이상하게도 불안하지는 않았다. 의연해 보이려고 일부러 꾸민 것이 아니라 정말 담담한 마음이었다. 오히려 짓궂게도 이런 생각이 들었다. 기왕 다칠 거라면 말일에 다쳤어야 하는데 하고 말이다. 그달 말까지 네팔 우표를 주제로 한 수필집을 내기로 했는데 완성된 원고를 보낼 수 없게 되면 어쩌나 하는 마음에서였다.

나는 약 한 달간 치료를 받고 회복되어 집으로 돌아왔다. 집에 돌아와서 생각하니 구급차를 타고 병원으로 향했을 때의 내 느낌이나 생각들은 일반적인 사고로는 설명하기 어렵다는 것을 알게 되었다. 생을 마감하면서 담담한 것도 이상하고 거기에 덧붙여 뚱딴지같은 생각으로 이어졌으니 이 또한 의문이다.

내 수양의 정도가 높아 그런 담담함을 유지하는 것도 아닌데 어디에서 그런 담담함이 왔을까? 티 내지 않기 위해서 그 순간을 조작적으로 행동한 것도 아닌데 도대체 그 담담함이란 어디서 왔을까?

죽음을 두려워했던 나 자신에게는 걸맞지 않은 반응이라서 이런저런 해답을 찾아 궁리해보았지만 그땐 선뜻 답이 나오지 않았다.

수행이 높은 종교가나 다른 유명인의 죽음을 보면 그들 또한 인간적인 고뇌가 느껴진다. 그런 고뇌에도 불구하고 그런 불안은 티 나지 않는다. 나는 그런 반열에 끼지도 못하는 삶이었는데 그런 담담함이 있었으니 스스로도 놀랄 수밖에!

해답은 아닐지 모르지만 나는 그 이해할 수 없는 담담함을 이렇게 정리해보았다. 첫째는 세월이 선물한 나이다. 그때 내 나이가 여든이었으니 적지 않은 세월을 보낸 셈이다. 만일 내가 훨씬 젊은 나이에 그런 사고를 당했다면 담담할 수 없었을 것 같다. 죽음을 가늠도 할 수 없을 만큼 어리기 때문이다.

둘째로는 그 긴 세월 동안 야금야금 쌓아온 경험이다. 살면서 겪었던 급박하고, 초조하고, 가슴 졸이던 숱한 경험들이 침착함을 안겼던 것 같다.

불안은 나이와 상관없이 누구나 두 어깨에 함께 짊어지고 가는 그런 것들이다. 이 불안을 어떻게 의연히 받아들이느냐가 중요한 문제다.

대부분의 사람이 이 불안이란 두 단어를 쉽게 떨쳐 내지 못하고 어떻게든 이겨보려고 노력하며 살아간다. 그러나 애쓸수록 멀어지는 법이다. 세월과 경험에 마음을 맡겨보자.

마음의 질병을 인지하는 사람

노년이 되면 신체적인 질환뿐 아니라 마음의 질병도 함께 찾아온다. 의학적으로는 노화 자체가 질병이라고 생각하는 학자들도 있으니 나이 들어 이런저런 신체적·정신적 증상들을 따로 논할 필요가 없다. 나이 듦 자체가 병리적인 형상이라고 했으니 정신질환도 그 일부인 것이다.

미국에 있는 내 친지는 하버드대학교 교수로 있는데, 이분의 인지 장애를 제일 먼저 알아차린 것은 수업을 받는 학생들이었다. 그다음은 동료 교수들이었다. 한참 시간이 지나 증상이 더 심해지자 그 부인에게 알렸다. 그런데 놀랍게도 그분의 부인은 그런 증상을 조금도 인지하지 못하고 있었다.

이 말을 종합해보면 노인의 정신적인 변화는 주변 사람이 먼저 알아채고, 가장 나중에 알게 되는 것이 가깝게 있는 가족이라는 말이다.

이런 사례는 이분들 외에도 주변에서 흔히 볼 수 있는 사실이다. 가까이 있는 가족이 먼저 알 법도 한데 가장 늦게 알게 되다니 좀 이해하기가 어려울 것이다. 사실 그런 변화는 아주 서서히 오기 때문에 가족은 평소 그의 성격과 진행되고 있는 증상들을 구분하지 못할 수 있다.

가족은 원래부터 그런 성격과 습관을 지니고 있다고 생각하기 쉽다. 그러니 새롭게 생기는 정신 병리적인 증상들을 간과하고 마는 것이다. 다른 사람에게 그런 정보를 듣게 되더라도 가족들은 선뜻 그런 사실을 받아들이기가 어렵다. 그러는 동안에도 정신 병리적인 증상은 빠르게 진행된다.

가족이 인지하여 정신과를 찾아왔을 때는 이미 만성화된 경우들이 많다. 외래에서 진찰하면서 물어보는 문진 설명서가 있다. 그중에 가장 중요한 것은 첫째, 환자가 어떤 증상을 호소하는가? 아니면 가족들이 어떤 증후들을 인지했는가? 두 번째는 그런 증상과 증후들이 언제부터 시작되었는가? 세 번째는 그런 증상과 증후들이 시작되었을 때의 그를 둘러싼 환경은 어떤 것이었는가? 마지막으로는 이런 증상들이 점점 심해지는가? 아니면 그대로인가? 등을 물어본다. 이런 물음에 막연한 대답으로 되돌아오는 것은 발병 시점이다. 대부분 가족은 발병 시기를 특정하지 못하고 막연하게 1, 2년은 되었을 것이라고 대답한다. 냉정히 말하면 1년과 2년은 그 세월의 길이가 다른데 그동안 인지하고 있지 못했다는 호소와 같다.

이런 사례들을 보면서 노년에 이르러 정신 증상들을 인지하자면 주변에서 나를 어떻게 인지하고 있는지에 대한 정보에 대해서 깊이 유의할 필요가 있다. 나는 모르는데 주변에서는 인지하고 있는 경우가 많으므로 가족들도 당사자인 노인을 두고 주변에서 평가하는 점을 흘려들어서는 안 된다. 본인이나, 가족들이 이런 정보들을 흘려듣지 않고 한 번쯤 자신에게 대입해 본다면 나도 알고, 남들도 아는 수준으로 바꿀 수 있을 것이다.

현재는 참 소중하다

나는 정신질환자를 치료하면서 과거에 대한 집착과 미래에 대한 걱정이 지나치게 많은 사람이 걸리기 쉬운 질병이라고 생각한다.

지나간 날에 매달리고 집착하는 동안 놓치게 되는 것은 바로 현재다. 현재 내 앞을 스쳐 지나가는 여러 기회를 놓치게 되는 것이다. 아직도 오지 않은 미래를 앞당겨 걱정한다면 이 또한 현재를 잃게 되는 것이다.

예일대학교 교수이자 신학자 헨리 나우웬의 책《여기 그리고 지금Here and Now》이라는 책을 바탕으로 내가 이해한 현재를 설명하면 이런 내용이다.

현재는 참 중요하다. 과거도 중요하겠지만 그 과거란 이미 지나간 세월이다. 간간이 즐거운 추억을 떠올려 잠깐의 즐거운 시간은 가질 수 있겠지만 그 이상의 의미는 없다.

혹자는 과거를 거울 삼으라고 한다. 맞는 말이다. 하지만 집착하는 것과는 다르다. 매달리지 않아야만 현재가 큰 선물을 안겨줄 것이다. 매달리는 사람에게는 주어지지 않는 선물이다. 지나간 날이 이럴진대 미래는 말해서 무엇하겠는가.

미래는 불확실하기도 하지만 확정된 것도 아니다. 불확실하고 담보되지 못한 미래를 두고 이러쿵저러쿵 갈등하는 것은 과거에 집착한 것보다 더 어리석은 일이다. 이 두 가지 모두 현재를 보지 못하게 하는 걸림돌이 된다.

현재는 이루 말할 수 없게 소중한 것이다. 현재의 1분 1초를 아껴 보람 있게 쓸 수 있다면 비록 당장은 그 결과가 작아 보일 테지만, 이 시간이 모여 하루가 되고 하루가 모여 일 년이 된다는 것을 헤아려본다면 결코 그 하루의 결과가 작다고만 할 수는 없을 것이다. 작은 결과물도 쌓이고 쌓인다면 언젠가는 큰 결과물이 된다. 그런 생각에서 하루를 온전히 잘 살 수 있다면 그것이 불확실한 미래를 헤쳐나갈 수 있게 도와줄 것이다.

떨쳐버릴 것은 떨쳐버리고 안고 갈 것은 안고 가는 그런 현명한 삶만이 현재, 즉 지금의 나를 지탱해주는 힘이 될 것이다.

나를 지키고, 과거에서 벗어나 현재의 나를 직시하며 불확실한 미래를 준비하는 것은 누가 대신 해줄 수 있는 일이 아니다. 그게 무엇이든지 답은 결국 내 안에 있는 것이다.

세월을 붙잡고 하소연할 수 없지만, 흐르는 세월 속에 나를 녹여낸다면 막연한 시간에 사는 사람이 되는 것은 피할 수 있을 것이다.

7장

마음 챙김

마음의 병에도 골든타임이 있다

*

마음의 이상 신호를 알아차리고

자신을 돌보는 법

감정 표출의 중요성

우스갯소리로 나이 든 사람들에게 하는 조언이라며 "입은 닫고 지갑은 열어라"라는 말을 한다. 지갑을 열라는 말은 참 좋은 말이다. 그러나 입을 닫으라는 말은 듣기가 좀 그렇다. 왜 입을 닫으라고 했을까? 듣는 사람들이 쓸데없는 말이라고 받아들이는 경우가 많기 때문일 것이다.

자기의 감정을 말로 표현하는데 쓸데없는 말이 어디 있겠는가. 그 나름대로는 모두 쓸모 있는 말일 테지만 상황에 적합한 말인가, 적합하지 않은 말인가는 구분해야 한다.

그러나 나는 청각과 시각에 장애가 있어 그런 충고가 아니어도 원래 입을 열기가 어렵다. 이런 답답함에서 탈출하기 위해 수다 떨기 모임이라는 것을 만들어 함께 수다를 떤다. 말하자면 각자 하고 싶은 말을 제안 없이 토해내는 모임이다. 감정을 표현하지 못하고 쌓아둔다면 머지않아 화병이 생기기 마련이기에 이런 것을 막아보자는 뜻에서 만든 모임이다.

감정을 표현하지 못하는 것은 사람마다 그럴 만한 사정이 있다. 그 많은 사례를 모두 열거할 수는 없지만, 머릿속에 번뜩 떠오른 것은 학창 시절 친구 이야기다.

그 친구는 성격이 여리고 수줍음이 많아 친구들과의 평범한 대화에도 좀처럼 참여하지 못했다. 한번은 병리학 실습시간에 이런 일이 있었다. 실습은 포르말린 액 속에 담겨 있는 심장을 꺼내 병리적 병소를 찾고 이를 발표하는 형식으로 진행됐다. 표본을 꺼내는 사이 교수님은 느닷없이 이런 질문을 하셨다.

"심장이 왼쪽에 붙어 있나, 오른쪽에 있나?"

심장이 신체 왼쪽에 있다는 것은 초등학생도 아는 내용이지만 순간 당황한 친구는 표본을 자기 오른쪽 가슴에 갖다댔다.

"자네 심장은 오른쪽에 있나?"

이 말을 들은 친구는 당황하여 말을 더듬기 시작했다. 설명도 제대로 못했다. 그도 그럴 것이 교수님은 많은 학생을 낙제시키기로 유명했던 분이었다. 친구는 졸업하고 나서도 계속 말을 더듬었다.

다른 한 친구는 짝사랑에 가슴앓이하고 있었다. 나는 친구에게 좋아하는 후배를 찾아가서 직접 고백해보라고 했다. 평소에는 넉살이 좋아 친구 관계가 스스럼없었는데 그 여자 후배 앞에서는 입이 떨어지지 않는다고 했다. 결국 졸업할 때까지 혼자 가슴앓이만 하다가 인연이 닿지 못했다.

앞의 친구가 말 못한 사정은 성격에 기인한 것이다. 이렇게 성격 때문에 말을 못하는 사람은 면역력이 필요하다. 질병을 예방하기 위해 백신을 맞듯, 마음도 취약한 자기 마음을 보호하기 위한 면역력이 필요하다.

이 면역력을 키우기 위해서는 자존감을 키워야 한다. 자존감은 자기를 사랑하는 마음이니 자신감과도 연결된다. 마음이 여리다는 것은 자존감이 약하다는 말과 통한다.

두 번째 친구는 일반적인 인간관계에서는 문제가 없었지만 사랑하는 사람 앞에만 서면 말문이 막혔다. 이런 경우는 대부분 상황을 두려워하기 때문에 생긴다.

어떤 경우든 건강한 마음을 위해 필요한 것은 침묵이 아니라 표현이다.

꺼내야 할 감정은 적절히 밖으로 잘 꺼내놓아야 마음이 병들지 않는다. 표현되지 않은 감정은 사라지는 것이 아니라, 결국 다른 형태의 고통으로 돌아온다.

자존감은 그냥 생기지 않는다

내게는 사회적으로 성공한 친구들이 있다. 사업을 해서 성공한 친구도 있고, 학문적인 업적을 많이 남겨 성공한 친구들도 있다.

객관적으로 보기에는 누구도 그들의 성공을 폄하할 수는 없다. 그럼에도 불구하고 내 친구 중 몇 사람은 다른 사람이 인정하는 성공임에도 스스로는 받아들이지 않으려 한다.

그들은 한결같이 나에게 이렇게 말한다.

"내 평생 해놓은 일이 아무것도 없다."

그 많은 사람이 내 친구의 업적을 인정하고 기리는데도 불구하고 왜 자신은 스스로를 폄하할까?

한평생 살다가 이제 삶의 종점에 이르렀다는 생각이 들면 허무감이 엄습해온다. 긴 시간 동안 쌓아온 업적들마저 가치 있게 받아들이지 못하는 데는 이 허무함이 끼치는 영향이 크다. 아무리 애쓰고 노력해서 성공한들 죽으면 끝이라는 생각에 사로잡혀버리는 것이다. 그러나 이런 생각에 매몰된다면 누구도 자기 삶의 궤적이나 업적을 존중하지 못하게 될 것이다.

이런 감정에 휩쓸리는 사람이 고령자뿐만은 아니다. 요즘은 젊은 층에서도 스스로를 폄하하는 일이 흔하게 보인다.

이런 환자들은 대개 자존감이 낮거나 열등감이 심한 사람이다. 그들은 지금까지 살아온 자신의 삶을 쥐꼬리만 한 삶이라고 깎아내린다. 작은 성과가 있더라도 그런 것을 받아들이려 하지 않는다.

나는 이런 환자들을 만나면 들려주는 이야기가 있다.

"세상의 인구 가운데 당신과 똑같은 삶을 사는 사람이 있는가? 없다면 당신은 이미 세상에서 희귀한 존재다. 희귀한 존재라면 세계에서 유일한 존재다. 유일한 존재이니 독존이다. 그 하나만으로도 삶을 살아갈 가치가 충분하다."

이런 맥락의 도움말을 그 환자가 알아들을 수 있는 쉬운 예를 들어 설명해준다. 이 말을 계기로 자신을 다시 한번 돌아보면서 세계에서 유일한 존재가 남긴 업적은 누가 뭐래도 귀하고 귀한 삶의 궤적이라는 것을 통찰할 수 있다면 그의 삶은 긍정적으로 바뀔 것이다.

그러나 이런 조언에도 불구하고 귀를 기울이기보다는 자기가 빠진 자기 폄하에 짓눌려 조언으로 듣지 못한다면 그의 삶은 내내 괴로울 수밖에 없을 것이다.

언뜻 쉬운 말로 들릴지 모르지만 이를 조언으로 받아들이는 데는 당연히 한계가 있다. 그 한계는 치료자가 지나친 과욕을 부린다거나 아니면 환자가 조언을 자기 통찰의 계기로 삼지 못하는 데 있다.

치료자의 과욕은 내가 해준 조언을 금방 알아차리고 자존감을 가졌으면 좋겠다고 여기지만 자존감은 그렇게 하루아침에 생기는 힘이 아니다. 내가 아무리 걸맞은 조언을 했다고 한들 듣는 순간 바로 알아채기란 힘든 일이라는 걸 안다.

그러나 계단을 오를 때는 한 계단, 한 계단 차례대로 올라야 안전하게 목적지에 도달할 수 있다. 그런 과정 없이는 오르고자 하는 높이에 이를 수 있는 것이 아무것도 없다. 여기서는 치료자의 조언도 물론 필요하지만 더 중요한 것은 이를 자신의 자존감을 키우는 계기로 받아들이려는 자세다.

진지하게 타인의 조언에 귀를 열고 마음을 여는 것부터 차례 차례 시작해보자.

추억이라는 인생의 선물

이 책의 원고를 쓰고 있을 때였다. 컴퓨터 앞에 앉아 분주히 생각을 정리하던 그때, 절친한 친구 부인의 부고 메일이 왔다. 친구는 이미 6년 전에 세상을 떠났다. 갑자기 외로움과 고독이 회오리처럼 내 가슴에 사무쳤다.

죽음은 누구나 치러야 할 일이지만 정작 친한 친구나 지인을 보내는 마음은 아쉬움으로 남는다. 갑자기 휘몰아치는 외로움과 고독감에 휘말려 허무해진다거나 우울해지는 과정은 막아야 한다.

젊었을 때는 외로움과 고독을 느끼는 경우가 적었지만, 혹시 있다 해도 감정을 떨쳐내는 게 그리 어렵지 않았다. 그러나 노년이 된 지금의 외로움과 고독은 짊어지고 있기에는 너무 힘겨운 감정이다.

우리 몸에는 백혈구가 있다. 이 백혈구의 기능은 외부에서 침입해오는 병균과 싸워주는 것이다. 백혈구만으로 힘이 모자란다면 외부에서 항생제 같은 것을 투여받아 병균을 퇴치한다.

이와 마찬가지로 우리들의 마음에도 마음의 백혈구가 있다. 마음의 백혈구는 외로움이나 고독감을 씻어주는 역할을 한다. 비단 외로움과 고독감뿐만 아니라 마음의 상처를 보듬어주는 그런 역할을 한다.

나는 일찍부터 이런 역할을 하는 것을 나만의 마음 구조대라고 불러왔다. 우선 외로움과 고독감을 이기자면 누구로부터 위로를 받아야 한다. 그리고 위로받기 전에 내가 나에게 주는 위로를 반드시 먼저 해야 한다.

스스로에게 주는 위로법으로 내 경우엔 두 가지 정도의 방법을 활용했다. 하나는 유럽을 여행하면서 들렀던 여러 미술관에서 본 명화들이다. 다른 하나는 지금까지 살아오면서 만나고 헤어졌던 많은 사람을 회상해보는 것이다. 내가 좋아하는 예술과 인연에 얽힌 이야기들이니 언제 떠올려도 즐겁고 신난다.

그러다 보면 오랜 시간 동안 묵혀두었던 미움과 같은 감정은 이미 사라지고 없다.

나는 20여 년 전에 관상동맥 이식 수술을 받은 적이 있는데 수술을 마치고 들어선 회복실에서도 내 마음의 구조대를 불렀다. 신체의 통증도 이겨내게 하는 멋진 구조대다. 마음의 일은 말해 무엇할까.

친구 부인의 부고로 돌풍처럼 다가온 외로움과 고독감을 물리치기 위해 나의 마음 구조대는 내 친구 부부와 함께했던 과거의 에피소드를 찾아 보내주었다. 나는 이 에피소드를 추억하면서 외로움과 고독감을 희석하기 위해 추억하고 또 추억했다.

나는 미래의 노인이 될 분들을 위해 이런 구조대 역할을 할 수 있는 추억들을 많이 만들어두길 권하고 싶다.

인위적으로 만들지 않더라도 지난날이 모두 추억이 될 테니 잘 간직하라는 뜻이다. 잘 간직한다는 건 우리가 살면서 보험을 드는 것과 마찬가지다. 나이 들어서 추억의 조각들을 연금 삼아 외로움과 고독을 희석할 수 있다면 고마운 일이 아닌가. 나이 들어 회상해보는 추억들은 어떤 것이든 모두 그 뒤에 감사하다는 느낌을 꼬리표를 달고 나온다. 즐거웠던 추억은 오래 남고, 고통스러웠던 추억은 더 오래 여운이 되어 삶을 이끈다.

마음의 골든타임

회복이라는 말을 들으면 스프링이 생각난다. 스프링이라는 것은 잡아당기면 늘어나고, 잡아당기는 힘을 놓으면 원상태로 돌아간다.

회복탄력성이란 바로 이 스프링과 같다. 스프링도 임계치가 있다. 이 임계치에 미치지 못하는 힘을 가하면 늘어났다 원상태로 회복되지만, 임계치를 넘어서면 탄력성을 잃고 원상태로 회복하지 못한다. 이런 임계점은 원상회복이 되는 것도 있고 안 되는 것도 있다.

예를 들어 심장관상동맥 질환이 급성일 땐 골든타임이 5분이

나 10분 정도로 짧지만, 만성적인 증상이라면 골든타임은 이보다는 훨씬 늘어난다.

앞서 말했듯 나는 동맥이식수술을 받았다. 아내와 큰아들도 마찬가지로 관상동맥시술을 받았다. 그런데 큰아들의 경우는 급성 발작이어서 심장마비로 이어지는 위급한 상태였다. 가족이 모두 모여 산 덕분에 의사인 딸에게 연락되었고 딸은 바로 119 구조대에 도움을 청했다. 구급차에 실려 병원 응급실로 갔는데 운이 좋아서 그런지 바로 수술실에 들어갈 수 있었다. 그날이 마침 연례적인 진료 시스템을 점검하는 날이라 전 의료진이 대기하고 있어서 일사천리로 응급 시술을 받을 수 있었다. 골든타임을 넘기지 않았다는 뜻이다.

이런 골든타임은 비단 신체적인 질환에만 있는 것이 아니다. 마음의 질환에도 골든타임이 작용한다. 치료하면 회복탄력성을 회복하여 원상태로 돌이킬 수 있는 것도 있지만 골든타임을 놓치면 회복탄력성을 잃고 만성적인 정신질환으로 이행되는 경우도 많다.

마음의 탄력성에 관하여 연구한 학설이 하나 있는데 사람들에게 오관을 통하여 들어오는 모든 작업을 지워버리면 회복탄력성의 임계치는 어느 정도인지에 관한 연구다. 이런 연구들에 의하면 감각 박탈을 한 시점부터 대략 72시간이 지나면 회복탄력성을 잃어버린다고 한다.

이 실험의 결과를 놓고 보면 마음의 골든타임은 72시간인 것이다. 72시간이 지나면 정신병적인 증상과 증후가 나타나기 시작한다는 이론이다.

이처럼 몸이나 마음은 모두 회복하는 데 골든타임을 가지고 있다. 질환에 따라 골든타임이 아주 짧은 것도 있지만 긴 것도 있다. 나의 선배 교수님 한 분은 나를 만날 때마다 내게 나이를 물었다. 가볍게 대답해드렸다. 드문드문 해가 바뀔 때마다 또 나이를 물었다. 대답하면 그 대답에 대한 반응은 항상 일정했다.

"참 좋을 때다."

젊었을 때는 물론 나이 들어서조차 이런 말씀을 하셨는데 그 뜻을 알아차린 것은 한참 후의 일이다.

내가 이해한 것은 어릴 때는 어릴 때라서 좋고, 중년은 중년이라서 좋고, 나이 들어서는 나이 들어서가 좋은 때인 것이다. 지금 생각하면 맞는 말이다.

삶의 리듬에도 골든타임이 있다. 여기에서 골든타임은 황금기이며 삶 전체로 보면 어느 때고 황금기가 아닐 때가 없다는 뜻이기도 하다. 다만 삶을 살아가면서 지금이 황금기라고 인식하는지 못 하는지가 다를 뿐이다.

독자 여러분에게 삶의 황금기는 언제일까? 바로 지금이다. 현재의 소중함을 늘 되새기며 삶의 골든타임을 놓치지 말자.

삶을 지탱하는 에너지는 어디에서 오는가

삶을 살아가는 데는 에너지가 필요하다. 고통스러운 삶이든 즐거운 삶이든 에너지가 필요하다는 점은 같다. 생각해보면 즐겁게 사는 것에는 에너지가 필요 없을 것 같은데 아니다. 그 또한 고통과 마찬가지로 에너지가 필요하다. 이렇게 보면 삶의 구석구석 에너지가 필요하지 않은 데가 없다.

에너지의 종류에도 여러 가지가 있겠지만 앞서 꿈의 중요성을 말했듯 '희망'이라는 단어가 떠오른다. 희망은 그 자체로 삶의 원천적 에너지가 된다.

독일의 종교개혁가 마르틴 루터는 "희망은 강한 용기이며 새로운 의지다"라고 했다. 그런 강한 용기가 있어야 삶의 고통도

헤쳐 나갈 수 있지 않을까. 용기가 없다면 좌절하고 말 텐데 그런 좌절감을 안고 어떻게 험난한 삶을 헤쳐나갈 수 있겠는가. 삶을 이어나갈 용기는 바로 이 희망에서 솟는 것이니 희망은 삶의 에너지이자 원천이라고 해도 틀린 말이 아니다.

보는 관점에 따라 삶이라는 것은 여러 가지로 표현할 수 있다. 혹자는 희망이 없는 삶도 있다고 하지만 생존하고자 하는 기본적인 본능을 이해한다면 살고자 하는 욕구 그 자체가 바로 희망인 것이다. 희망이 없다면 비록 살아 숨 쉰다고 하더라도 식물인간과 다르지 않다.

희망에 대한 좋은 명언들은 참 많다. 그중에서 "희망은 희망을 갈망하여 추구하는 사람을 결코 외면하지 않는다"라는 말이 있다.

삶을 고통이라고 표현하는 사람도 있다. 생로병사의 과정을 보면 어느 정도 이해되기도 한다. 생로병사에는 어느 것 하나 고통이 아닌 것이 없으니 말이다.

흔히 희로애락은 사람이 살아가면서 느끼는 네 가지 감정을 말하는데, 따지고 보면 생로병사나 희로애락이나 한통속이다.

생로병사의 고통과 희로애락의 감정 속에서 헤엄치고 살자면 희망이라는 말이 꼭 필요하다. 생로병사도 시작과 끝이 있고 희로애락도 시작과 끝이 있다. 희망이 있는 사람에게는 삶을 반전시킬 수 있는 끝이 되겠지만 끝이 없는 사람은 새로운 반전을 일으킬 수 있는 에너지가 없다.

중요한 것은 희망이라는 끈을 놓지 않는 것이다. 끈을 놓지 않는다면 삶의 반전은 반드시 일어날 것이다.

망망대해에 비행기가 갑작스럽게 추락한다. 살아남은 사람은 단 한 명, 파도에 휩쓸려 무인도에 도착한 한 남자뿐이다. 그는 한순간에 모든 것을 잃어버리고 만다. 곁에 남아 있는 것이라고는 배구공 하나가 전부다.

그는 무생물인 배구공에 윌슨이라는 이름을 붙여주고 아무도 없는 무인도에서 살아남아야 한다는 희망의 불씨를 살린다.

이 유명한 영화의 제목은 〈캐스트 어웨이〉다. 이 영화는 우리가 지금까지 말해왔던 희망이 무엇인지 사실적으로 보여준다.

무인도에서 유일한 친구는 배구공 윌슨이다. 윌슨과의 대화만이 유일한 탈출구이자 희망의 불씨다. 생존에 지쳐 모든 것을 포기하려던 순간에 그를 일깨운 것은 윌슨이었다. 결국 희망을 놓지 않았던 주인공은 1,500일 만에 구조되어 새로운 삶을 이어간다. 주인공이 살아야겠다는 긍정적인 에너지를 얻는 계기는 윌슨과의 끊임없는 대화였다.

 "희망은 잠자고 있지 않은 인간의 꿈이다"라고 했던 아리스
토텔레스의 말처럼 희망은 우리가 삶을 살아갈 수 있게 하는
꿈이자 확실한 에너지다.

삶의 지혜는 당신 안에 있다

넘치고 넘쳐나는 것이 삶의 지혜들이다. 이런 지혜는 누구나가 가질 수가 있다. 그러나 아무나 가질 수 있는 지혜는 아니다. 지혜로움을 얻고자 해야 지혜로움에 도달하는 일이 있을 것이다.

나는 이 길을 몇 가지로 엮어본다.

지혜로움에 이르는 문은 첫째, 바로 보아야 한다. 나한테 주어진 상황을 바로 보아야 한다. 넓게는 '나는 누구인가'라는 말로 시작하여 나에게 주어진 자연적인 환경과 인위적인 환경을 바로 볼 수 있어야 한다. 이 바로 보아야 한다는 말이 즉 정견이다.

지혜로 이르는 길의 문 앞에 섰다면 문을 두드려야 한다. 두드려야 문이 열리지 않겠는가? 다른 말로 하면 지혜에 이루고자 하는 동기가 있어야 한다는 말이다. 문은 열려 있지만 동기가 되지 않는다면 실천할 수 없을 것이다.

그래서 두 번째로 말하고자 하는 것이 동기화라는 단어다. 동기화는 문이 열리는 것을 계기로 삼아 행동화해야 한다는 뜻이다.

세 번째로는 어떻게 행동화해야 계기로 삼을 수 있을까? 말로는 어렵지 않다. 어리석음을 벗어나면 자연히 지혜로움으로 변할 것이다. 어리석음에서 벗어날 수 있는 길은 많고도 많다.

그래서 네 번째로 연결하고 싶은 단어는 선택이다. 어떻게 계기를 행동화하면 지름길이 되겠는가. 이것이 바로 선택이다.

다섯 번째는 꾸준함이다. 여기까지 이르렀다고 하더라도 작심삼일이면 도로 아미타불이다. 꾸준해야 한다. 우리가 이런 꾸준한 행동화를 수행이라고 한다.

여섯 번째는 통찰에 있다. 통찰이란 어리석음을 알아차리고 지혜로움을 깨닫는 것이다. 이 통찰이라는 어리석음에서 반 이상은 벗어난 것 같다.

마지막으로 이 통찰을 완전히 자기의 습관으로 자리 잡도록 노력해야 한다. 이 노력의 열매가 바로 우리에게 자유로운 마음을 주는 것이다.

이렇게 적고 보니 바로 보는 작업부터 나의 새로운 습관으로 이르기까지 서로 연관된 것을 보면 그 또한 지혜로움에 이르는 길이라고 해도 되겠다. 나는 이 책을 쓰면서 내 생각을 이야기했을 뿐, 교과서 같은 성격은 아니다.

그러니 우선 마음 내키는 대로 어리석음을 벗어나 지혜로움을 찾는 길을 닦아보길 바란다. 그 길은 누구의 길도 아니고 여러분만의 길이다.

책을 마무리하면서 되돌아보면 내가 한 말 가운데 이룬 것도 있고, 이루려고 노력하는 것도 있으며 또 이루지 못한 것도 있다.

설령 이루지 못한 말이 있다고 하더라도 어리석음에서의 탈출을 향해 꾸준히 노력하면서 길을 좇아가다 보면 언젠가는 이를 수 있으리라 믿으며, 우리 모두 자신만의 길을 따라 지혜로움에 이르기를 소망해본다.

나에게 찾아온 특별한 인연과 함께

삶의 후반부에서 마주한 질문들

살아오면서 무엇을 보고 무엇을 느끼고 무엇을 위해 살아왔
는지 생각해볼 수 있는 뜻깊은 시간이었다. 박사님과 이 글을
쓰면서 왜 우리는 늘 불안이라는 말을 안고 살아가는지, 불안
이라는 것은 왜 우리 곁에서 긴장을 불러오거나 마음을 흔들어
놓는 것인지 생각해보았다. 누구나 마음 한구석에 이런 불안을
애물단지처럼 안고 살아간다. 불안의 위력은 얼마나 강한지 그
말 자체만으로 우리의 마음을 흔들어놓곤 한다.

어느 날 나도 모르게 불안이 엄습해오는 것을 느꼈다. 삶의 후반부에 접어든 사람이라면 누구나 느껴봤을 불안이다.

그 불안은 이런 것이다. 어느 날 갑자기 곁을 지켜주던 배우자가 세상을 뜨면 어쩌지? 어떻게 살아야 하지? 한번 피어난 불안은 꼬리에 꼬리를 물고 커져만 간다. 아주 짧은 순간일지라도 그런 생각은 나를 뒤흔들어놓기에 충분하다. 한동안 계속된 이 불안의 파노라마는 나를 옭아맸다. 마치 미궁 속 깊은 구렁텅이로 빠지는 듯한 그런 시간의 연속이었다.

그 시간에서 빠져나오게 된 계기는 남은 삶에 대한 애착과 애증, 그리고 연민을 가지고 살아간다면 이런 불안을 떨쳐버릴 수 있을 것 같다는 생각이 들면서부터다. '그래, 나 나름의 시간을 만들고 계획을 세워보자.' 그렇게 생각이 정리되자 전에는 시간과 삶에 지쳐 해보지 못한 것들을 하나씩 이루어보고 싶은 생각이 들었다.

그렇게 시작한 것이 새로운 취미 활동이다. 그전까지는 하고 싶은 것이 있어도 이 눈치 저 눈치 보면서 시간만 보냈다. 하지만 불안을 떨치기 위한 나만의 긴 여정은 차근차근 이루어졌다.

그 계획의 첫 시도는 우리나라의 등대를 찾아다니는 것이었다. 등대 투어를 시작하면서 나름 마음의 안정을 되찾을 수 있었고 그러다 보니 또 다른 욕심이 생겨 다른 투어도 병행하고 있다. 함께하는 이가 있으면 더 좋을 텐데, 혼자 하고 있으니 그 외로움 또한 불안 속에 미미하게 잠재해 있다. 하지만 어쩌랴. 강요는 또 다른 고통만 낳을 뿐이다.

나의 취미는 누군가의 권유로 시작된 것이 아니라 내 마음속에 도사린 불안을 이겨내기 위해 스스로 선택한 것이었기에 더한 행복을 준다. 이런 행보에 응원해주는 분들이 있으니 이것 또한 감사한 일이다. 불안을 이겨내는 방법은 사람마다 다르겠지만 나는 이런 방법으로 이겨내고 있다. 그렇다고 모든 불안이 사라지는 것은 아니다. 그래도 이런 즐거운 시간이 있으니 불안에 힘들어했던 때에 비하면 행복하다고 생각한다.

불안을 잠재우는 방법으로 취미를 가져보길 권하는 박사님의 조언에 동감한다. 단, 취미가 일이 돼서는 안 된다는 박사님 말씀처럼, 취미는 오로지 나를 위한 것이어야 한다고 생각한다.

마음은 흐르는 물과 같아 한곳에 머물지 않으니 붙잡을 수도 없다, 따라잡을 수도 없다는 생각이다. 그 마음이 행복하면 행복할 것이고, 그 마음이 불안하다면 불안할 것이다. 어떤 마음을 갖는지는 개인의 자유다. 그 누구도 나를 대신해줄 수 없다. 나 스스로 이겨내고, 떨쳐내야만 한다. 어디선가 본 뒤로 줄곧 마음에 메모해두고 필요할 때마다 꺼내어 보는 글이 있다.

필요한 것인가?

원하는 것인가?

원할 수 있는 것인가?

원하여도 마땅한 것인가?

늘 이것을 묻고 욕심이 만드는 마음의 복잡함을 정돈하자. 나와 주변 사람에게 어떤 기여를 했는지 판단하는 마음의 능력을 키워야 한다. 그게 무엇이든 불안을 해소할 수 있는 것이라면 더욱더 좋겠다.

불안의 그늘에 감추어진 슬픔 혹은 그리움

누구나 가슴속에 감추어진 그리움이나 슬픔 하나씩은 가지고 있지 않을까? 아련한 옛 추억의 그리움이나 사랑하는 연인과 헤어짐, 소중한 인연과의 이별처럼 어떤 형태로 감추어진 비밀, 그리움, 슬픔 하나씩은 가지고 있을 거라고 생각한다.

감추어진 마음은 늘 허전해서, 찬 바람 가득한 마음 한구석에 홀로 서 있는 나를 보게 된다. 그 모습에 떨치기 위해 몸부림치는 그 모습이 애처롭다. 때로는 서러움 가득 찬 울음을 터뜨리기도 한다. 또 어느 때는 그런 그리움과 슬픔, 슬금슬금 엄습해오는 불안 속에 쌓여 무너져가는 나를 볼 때도 있다. 마음 한 구석에 늘 커다란 구멍을 안고 있는 기분으로 불안의 연속에서 벗어나지 못하고 있으니 좌불안석이다.

아! 이젠 마음을 잡아야 하는데, 이젠 잊을 만도 한데 때로는 도망치고 싶고 때로는 푸념하고 싶지만 그러지 못하는 마음이 쌓여 다시 불안을 빚어낸다. '어떻게 하면 이 마음을 누르고 있는 불안의 고통을 벗어날 수 있을까?' 복잡한 내 머릿속에는 이런 생각들로 그득하다.

혹자는 이렇게 말한다. 슬픔은 그만 훌훌 털어버리라고 주어진 여건 속에서 행복한 일을 엮어내 불안을 떨쳐버리라고. 맞는 말이다. 하지만 행복이란 불안한 나를 이겨낼 때 비로소 내 곁에 다가온다. 소소한 즐거움, 소소한 기쁨, 소소한 행복과 같은 말이 다가오지 않을 때도 있다. 우리는 현실 속에 존재하며 부대끼고 아울러 살아가는 그런 세속적인 사람들 아닌가. 나 역시 그 혼탁함 속에 존재하고 숨 쉬면서 같이 살아가는 일원이니 순응하고 살자는 마음을 다잡아보지만 그 불안 뒤에 숨은 그리움은 언제나 잘 씻어지지 않는다.

불안의 그늘 속에 감추어진 슬픔을 떨치려고 책도 보고 새로운 취미를 가져보거나 운동도 하고 사람들을 만나며 애써보지만 아직은 흔들리는 인간이다 보니 미숙하기만 하다. 그런 나 자신이 때론 원망스럽기까지 하다.

수많은 시행착오 끝에 내린 결론은 내 마음을 다스리는 수밖에 없다는 것이다. 그저 흐르는 물처럼 커다란 바다에 도착할 때까지 그렇게 흘러가는 수밖에. 아예 불안을 친구로 삼아보는 것도 좋지 않을까. 이겨내자. 한번에 하는 것은 힘들겠지만 조금씩, 조금씩 잊어가는 방법을 터득하자. 그게 무엇이든.

드라마에 나온 대사 가운데 "살고자 하니 살아지더라"라는 말이 있다. 치열한 삶을 살아온 우리의 모든 것을 말해주는 것 같아 인상 깊었다.

물론 살아질 것이다. 떨어지지 않고 두 어깨를 짓누르는 불안이라는 녀석과 싸워나가며, 주어진 여건과 환경 속에서 마음을 다잡고 견디고 또 견디며 켜켜이 쌓인 인생의 감정들을 앞에 두고 "어떻게 살고 싶니?"라고 물어보면 대부분은 이렇게 대답하지 않을까? "행복하게 근심 걱정 없이 그리고 건강하게 살고 싶다"라고.

불안 속에서 찾은 행복은 그 어떤 보석보다 값질 것이다. 그 래서 나와 같은 불안이 있는 사람들에게 이런 말을 드리고 싶 다. 행복은 미래에 있는 게 아니라고. 오늘 이 시간, 나에게 주 어진 모든 일이 이루어지는 바로 이 시간, 이 순간만이 불안의 터널에서 빠져나올 수 있는 때라고. 그러니 지금 이 순간을 소 중히 여기며 최선을 다하자고 말이다.

나 역시 이제 굳이 다가올 일을 미리 헤아리지 않기로 했다. 삶을 예측하려 할수록 더 초조해지기 때문이다. 삶에 무엇을 기대할 것인가 묻지 말고, 삶이 나의 인생에 무엇을 기대하고 있는가를 물어본다면 그땐 이렇게 대답하겠다. 내가 할 수 있 는 걸 하는 삶을 살아봐야겠다고. 비록 정답이 아니라 할지라도.

오래전에 읽었고 영화로도 보았던 《앙, 단팥 인생 이야기》에 서 내가 가장 좋아하는 문구가 있다.

우리는 이 세상을 보기 위해, 듣기 위해 태어났어. 그러므로 특별한 무언가가 되지 못해도 우리는, 우리 각자는 살아갈 의 미가 있는 존재야.

이 말이야말로 삶을 설명하는 모든 것이 아닐까. 존재의 불안 속에서 조금이나마 내 마음의 평온을 찾을 수 있게 해주니 말이다. 무심하게 켜진 등댓불을 불안하게 바라보는 삶보다 이젠 나와 내 자아를 비추는 마음의 등대를 켜두고 싶다.

마지막으로, 이렇게 없는 글솜씨지만 이런 기회를 얻게 되었으니 이 또한 작은 행복이지 않겠습니까.

감사합니다, 박사님.

2025년 여름

사회복지사 민병인

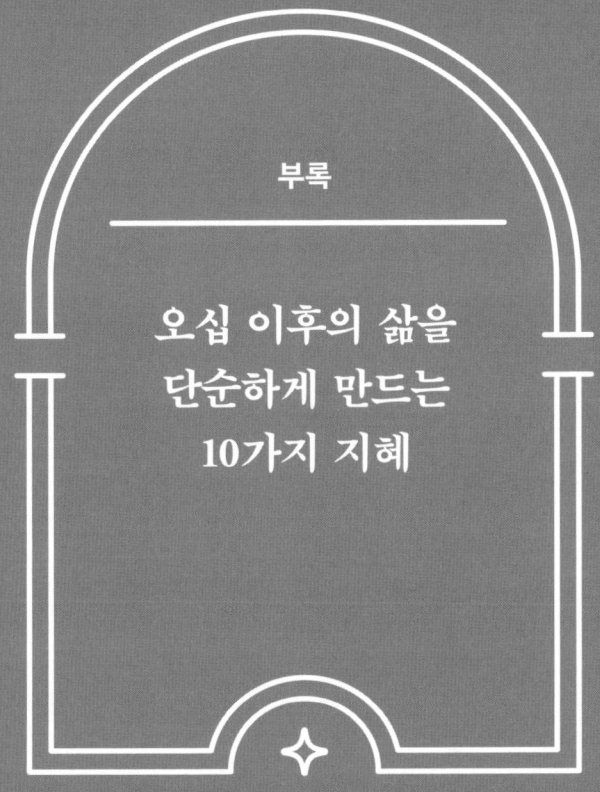

부록

오십 이후의 삶을
단순하게 만드는
10가지 지혜

늙지 않는 마음을 위해 기억해야 할 것들

부록에서 말하고자 하는 10가지 실천 방향에 관한 내용도 나만의 즉문즉답 형식으로 작성했다. 만약 지금 처음부터 다시 똑같은 질문을 나에게 한다면 나의 대답은 전과 같을까? 어떤 답은 같지만 다른 답도 있을 것이다.

새삼스럽게 이런 이야기를 하는 것은 어떤 일이든 답은 하나가 아니라는 점을 미리 밝혀두고 싶었기 때문이다. 하지만 그간의 경험을 담아 성심껏 고르고 고른 답이니 조금이나마 도움이 되었으면 하는 마음은 간절하다. 그래서 마지막으로 소소하지만 늙지 않는 마음을 위해 일상에서 실천할 수 있는 10가지를 정리해본다.

신뢰

신뢰는 사람이 태어나면서 경험으로 얻어지는 최초의 감정이다. 살아가면서 숱한 감정들을 겪었겠지만 그럼에도 불구하고 신뢰를 첫손에 꼽은 이유는 태어나면서 제일 먼저 경험하는 감정이라는 이유에서다.

신뢰와 동전의 양면처럼 붙어 있는 감정이 있는데 그것은 바로 불신이다. 신뢰와 불신은 놀랍게도 생후 1년에서 2년 사이에 경험하는 감정이다. 그래서 사람들이 경험하는 것 중에 첫 경험이 가장 중요한 것이다.

신뢰와 불신은 태어나서 어머니라는 대상과 인연을 가지면서 경험하게 되는 감정이다. 삶의 첫 경험적 산물인 셈이다. 유아의 욕구에 맞추어 젖을 먹인다면 신뢰가 발생할 것이고, 어머니의 감정 기복대로 젖을 물린다면 신뢰를 얻을 수 없다.

신뢰가 형성되지 못하는 이유 중 하나는 상대방의 일관성 없는 감정이나 태도 때문이다.

한결같은 감정과 태도는 적응하는 방법에서 시작된다. 대상관계에서 상대방의 감정이나 태도가 일관되지 않으면 그에 영향을 받는 사람은 어떻게 반응하고 적응해야 하는지 헷갈릴 것이다. 한결같지 않은 자극은 한결같지 않은 지리멸렬한 반응을 낳을 뿐이다.

그렇다면 그 결과는 어떤 습관으로 이어질 것인가. 대체로 상대방을 믿을 수 없다는 반응으로 나타날 것이다. 신뢰가 바탕이 되어 발전하는 인격과 불신을 바탕으로 성장하는 인격은 시간이 흐를수록 점점 엄청난 편차를 보이게 된다.

영국 여왕 엘리자베스 2세는 "자신을 가장 신뢰하는 자가 잘 속는다"라는 말을 남겼다. 스스로를 믿는 사람이라면 긍정적인 신뢰가 바탕이 되었을 텐데 왜 이런 지적을 한 것일까. 신뢰도 신뢰 나름이라는 뜻이다.

나는 많은 글을 통해 자신을 사랑하고 믿으며 존중하라는 말을 해왔다. 엘리자베스 2세의 말을 읽으면서 새삼 깨달은 점이 있다면, 내가 나의 잘못된 점을 믿는다면 그 신뢰는 긍정적인 방향으로 갈 수 없다는 것이다.

이는 달리 말하면 집착과 편견이다. 잘못된 생각에 매달리는 것이 집착이라면, 이 집착이 낳는 것이 편견이다. 집착과 편견은 비록 자기 자신이 믿는 것이라고 해도 신뢰라는 말로 이어질 수 없다. 어디까지는 고집이 될 뿐이다.

신뢰라는 것은 나 자신이 떳떳할 때 그리고 정직한 삶으로 남이 나를 알아주는 것이다. 그러기 위해서는 나 자신이 먼저 정직하고 긍정적이며 능동적인 삶의 표본이 되어야 한다. 나 자신을 믿자. 그게 나를 속이지 않는 신뢰의 첫걸음이다.

2

소통

소통이란 나와 타인과의 관계에서 생기는 것이다. 앞에서 말한 신뢰도 이 소통을 통하여 생겨나는 것이다. 사람이 태어나서 갖는 첫 소통은 신뢰와 마찬가지로 어머니와 자식 사이에서 일어난다.

나와 타인인 어머니 사이에 일어나는 감정의 교류가 곧 소통이다. 사람은 누구나 이 첫 소통의 경험을 어머니와의 관계에서 체험한다. 그러니 소통으로 인해 발생하는 신뢰 감정은 모두 인간이 체험하는 첫 경험이다. 신뢰가 바탕인 소통과 신뢰가 바탕이 되지 못한 소통은 성장하면서 각기 다른 영향을 주게 된다.

신뢰와 소통 모두 그 첫 대상은 어머니다. 사람은 세상 밖으로 나와 탯줄이 끊기는 순간부터 자력으로 삶을 개척해나가야 한다. 그러나 갓 태어난 영아에게는 그런 능력이 없다. 삶에 대한 본능만 있을 뿐 자력으로 해결할 수 있는 일은 아무것도 없다. 그래서 어머니라는 보호자가 보살펴주는 것이다.

앞서 설명했듯이 보살펴주는 과정에서 첫 감정의 소산인 신뢰와 불신이 생기는데 이 과정이 영아가 태어나서 처음으로 경험하는 대상 관계다. 말하자면 소통이라는 관계다. 사람은 태어나서 산 세월만큼의 경험을 쌓게 된다. 이 경험적인 발달이 곧 인격의 발달이다.

의과대학에서 소아과 분과를 수업하며 '마더링Mothering'이라는 처방을 처음 배웠다. 이 단어의 뜻은 어머니 역할을 긍정적으로 성실히 하라는 권유다. 이런 뜻을 담은 처방전이 있다는 것은 그만큼 어머니와 자녀의 관계가 중요하다는 것을 지적한 것이다.

혹자는 '파더링Fathering'이란 처방은 없는지 궁금할 것이다. 그런 단어를 본 일은 없으나 사용 못할 것은 아니라고 본다. '파더링'이라는 처방이 존재하지 않는 이유는 단순하다. 영아가 태어나서 첫 번째로 경험하는 밀착된 대상 관계는 어머니고, 아버지와의 관계는 시기적으로 뒤따라오는 관계이기 때문이다.

이유기를 건너서 다음 단계로 인격이 발달하는 시기에 접촉하는 것이니 접촉하는 순위가 어머니 다음이란 뜻이지 중요하지 않다는 뜻은 아니다.

신뢰와 소통을 먼저 언급한 것은 이 두 가지가 모두 태어나서 경험하는 첫 단추이기 때문에 그 중요성을 강조한 것이다.

영국의 철학자 토머스 흄은 "친구와의 자유로운 대화는 어떤 위안보다 나를 기쁘게 한다"라고 말했다. 여기에서 친구라는 말을 모든 대상 관계로 확대해도 무리한 말은 아니다. 대화는 곧 소통의 한 수단이다. 그러나 대화가 소통의 전부는 아니다. 사람이 행동하는 일거수일투족 표정에 이르기까지 그 모든 것이 소통의 수단이 된다. 소통의 대상은 인간 대 인간의 관계이긴 하지만 그에 국한되지는 않는다. 나와 자연적 또는 인위적 모든 환경이 그 대상이 된다.

위의 명언을 역으로 생각해보면, 대상 관계에서 자유로운 소통이 없다면 고독하고 외로울 것이다. 그 고독과 외로움을 극복하기 위하여 사람들은 다양한 형태의 소통을 통하여 서로서로 위안을 주고받으면서 삶을 살아간다. 대상 관계는 넓으면 넓을수록 상대적인 위안이 많을 것이니 그래서 소통이 중요한 것이다. 신뢰와 소통이 뿌리가 된다면 그 뿌리에서 싹튼 나무나 가지, 잎은 무성하게 자랄 것이다.

소통에 대해 쓰다 보니 궁금한 것이 있어 인터넷을 찾아보았다. 그중에서 유명 방송인 유재석이 지킨다는 '소통의 10가지 법칙'이라는 것이 눈에 띄어 인용해본다. 여기 나온 10가지를 내 것으로 습관화한다면 소통의 달인이 될 수 있을 것 같다.

소통의 10가지 법칙

1. 앞에서 할 수 없는 말은 뒤에서도 하지 마라. 뒷말은 가장 나쁘다.
2. 말을 독점하면 적이 많아진다. 적게 말하고 많이 들어라. 들을수록 내 편이 많아진다.
3. 목소리의 톤이 높아질수록 뜻은 왜곡된다. 흥분하지 마라. 낮은 목소리가 힘이 있다.
4. 귀를 훔치지 말고 가슴을 흔드는 말을 해라. 듣기 좋은 소리보다 마음에 남는 말을 하라.
5. 내가 하고 싶어 하는 말보다 상대방이 듣고 싶은 말을 하라. 하기 쉬운 말보다 알아듣기 쉽게 이야기하라.
6. 칭찬에 발이 달렸다면 험담에는 날개가 달려 있다. 말은 반드시 전달된다. 허물은 덮어주고 칭찬은 자주 하라.
7. 뻔한 이야기보단 편한 이야기를 재미나게 하라.
8. 말을 혀로만 하지 말고 눈과 표정으로 말하라. 비언어적 요소가 언어적 요소보다 더 힘이 있다.
9. 입술의 30초가 마음의 30년이 된다. 나의 말 한마디가 누

군가의 인생을 바꿀 수도 있다.

10. 혀를 다스리는 건 나지만 내뱉어진 말은 나를 다스린다. 함부로 말하지 말고 한번 말한 것은 책임져라.

③
주체성과 자존감

주체성과 자존감은 모두 '나'라는 존재가 없으면 일어날 수 없는 것들이다. 내가 있어야 존재할 수 있는 것이지 내가 없으면 아무 의미 없는 것이다.

자존감은 내가 나를 사랑하고 존중하는 것을 의미한다. 이 또한 놀랍게도 생후 3년에서 5년 사이에 경험적으로 생겨난다고 하니 이상 세 가지를 나는 모든 정신건강의 요체라고 생각한다. 이 삼 형제(주체성, 자존감, 소통)가 기본이 되어 조화롭게 성장을 한다면 성숙한 인격체로 발달할 수 있을 것이라 믿는다.

심리학자 칼 로저스의 "내 삶의 책임은 나에게 있다. 그 순간부터 변화가 시작된다"라는 말은 백번 옳은 말이다.

내 삶의 책임이 나에게 있다는 인식이 없다면 어떤 모습일까? 넓게 생각하면 자기가 자신을 모른다는 뜻이니 어리석다. 어리석다고 표현하기는 했지만 나도 나 자신을 모르고 있으니 어리석다는 생각에서 벗어날 수가 없다. 이런 태도에서 벗어날 수 없다면 어찌 자기 변화가 있을 수 있을까?

대학에 처음 입학하여 심리학이란 교양과목을 들었다. 고등학교 때 배워보지 못한 과목이기도 하고 첫 대학 생활에서 마주친 과목이니 흥미로웠다. 첫 시간에 교수님께서 하신 말씀이 지금까지도 기억에 남아 있는 것을 보면 그 말씀이 신기했나 보다.

"심리학이란 무엇인가? 심리학은 심리학이다."

이 말을 들은 우리는 모두 웃었다. 그런 말이야 교수가 아니라도 얼마든지 할 수 있는 말이라는 생각에 우리는 농담으로 이 말을 거론하면서 장난치곤 했다. "나무란 무엇인가? 나무는 나무다" "고양이란 무엇인가? 고양이는 고양이다" 이런 식으로 서로 장난치면서 놀았다.

전문의 수련을 마치고 정신과 의사가 되면서 심리학을 폭넓고 좀 더 깊이 있게 공부하다 보니 그때 교수님의 말씀이 새삼스럽게 떠올라 그 말씀의 깊은 뜻을 나름대로 짐작하게 되었다.

정신의학 공부를 하면서 많이 접했던 심리학 교과서는 심리학의 일면을 다루기는 했지만 통합적으로 설명하지는 못했다. 본질을 논하는 교수님의 그 말씀은 명언 중의 명언이었다.

비슷한 예가 하나 더 있다. 교수 생활을 할 때 양산 통도사 극락암에 계시던 경봉 스님을 모시고 주체성에 대한 즉문즉답 토론을 한 적이 있다. 그때 경봉 스님이 주제강연을 하면서 "나는 나다"라는 화두를 주셨다. 그때 학생 시절에 들었던 "심리학은 심리학이다"라는 말이 생각나 흥미롭게 토론했던 기억이 있다.

'나는 나다'라는 표현이 바로 주체성이나 자존감을 뜻하는 것이다. 내 삶의 책임은 나에게 있다는 칼 로저스의 말도 결국은 주체성을 말하려고 했던 것일 것이다. 이 말을 일반적으로 우리가 알고 있는 좀 쉬운 정의부터 알아보자.

주체성이란 인간이 어떤 일을 실행할 때 보여주는 자유롭고 자주적이며 고유한 성질이나 특성이라고 했는데 이를 좀 더 깊이 말을 다듬은 것이 위에 소개한 칼 로저스의 말이다.

나는 이 주체성 때문에 난감한 경험을 한 적이 있다. 한번은 퇴근하여 집에 돌아왔더니 문이 잠겨 있었다. 벨을 눌렀더니 인터폰을 통해 "누구세요"라는 질문이 돌아왔다. 나는 "내다" 하고 짧게 대답했다. 평소에는 그러면 문을 열어주는데 그날따라 문은 열리지 않고 인터폰에서 또 다른 말이 들려왔다. "내가 누구세요?" 우리 집에서 나를 몰라보니 황당했다. 이유는 새로운 가사도우미가 오셔서 그랬던 것인데 순간적으로 나를 설명하기가 쉽지 않았다. 순간 화가 좀 났다.

"아니 내 집에서 내가 벨을 눌러 문을 열라고 하는데 나를 모르다니."

지나고 보니 그때의 감정은 자존감이 아니라 자만심이었던 것 같다.

주체적인 사람은 타인의 시선보다 나의 내면의 마음과 생각을 기준 삼는다고 하던데 과연 내 내면에는 어떤 마음과 생각이 들어 있을까. 그것을 알면 자존감도 세우고 나에 대한 주체성도 깨닫지 않겠는가. 주체성은 남이 무엇이라고 하든지 내 의지에 의해 마음의 내면에서부터 오는 생각이나 행동이다. 그러므로 올바른 행동이 곧 나의 주체성을 살리는 방법이다.

깜깜한 밤하늘 고개를 들어 칠흑 같은 하늘을 쳐다보면 더 밝은 별을 볼 수 있듯이 나에 대한 주체성과 자존감도 깜깜한 밤의 길잡이가 되었으면 한다.

모진 바람이 불어도 흔들흔들 꺾이지 않는 갈대처럼 그런 주체성과 자존감이 있다면 어찌 이 험난한 삶이 고통스럽겠는가.

4
맞는 직업

삶을 살아가면서 어떤 일을 선택하여 살 것인가는 매우 중요하다. 직업은 의무와 책임이 따르는 것이니 자신의 성격이나 능력과 걸맞은 것이 좋겠다.

지금 우리 사회는 인공지능 사회에 돌입하여 급속도로 발전하고 있는 시기다. 많은 학자는 인공지능이 지능의 발달이 절정에 달하면 지금 우리가 가지고 있는 직업 중 80퍼센트 이상은 소멸할 것이라고 한다. 반면 지금 우리가 알지도 못하고 상상할 수도 없는 직업들이 우후죽순처럼 생겨날 것이라는 예견도 하고 있다.

그렇다면 미래를 살아갈 비교적 젊은 사람들은 그런 예견을 염두에 두고 자기 능력을 어떻게 성장시켜나갈까를 고민해야 할 것이다. 지금까지는 명문대학이 학습의 목표이었으나 인공지능 시대에는 명문대학이 문제가 아니라 내 능력을 충분히 학습할 수 있는 과목이 빛을 보는 시대일 것이다.

내가 알고 있는 또래의 지인들은 모두 퇴임하여 지금은 한가한 일상을 보내고 있는 경우가 대부분이다. 이들의 공통점은 자기들이 종사했던 직종에서 크게 성공했다는 점이다. 이름을 밝히면 대중적인 인지도가 높은 분들이니 이만하면 성공적인 삶을 살았다고 해도 과언이 아닐 것이다.

나는 이들을 만날 기회가 있어서 평소 궁금했던 질문을 해보았다. 자기가 종사한 직종에 만족하고 있는지였다. 대체로 만족한다고 했다. 만일 그분들이 불만스러웠다는 이야기를 했다면 좀 받아들이기 어려웠을 것이다. 그런데 만족한다는 말끝에 한결같이 단서를 붙였다.

"사실은 말이야 내가 의사가 되고 싶었어."

모르긴 해도 그분은 의사를 선택했어도 크게 성공했을 만한 능력을 갖추고 있다.

이런 아쉬움은 여러 사람한테서 들었다. 생각해보면 내게도 아쉬움은 있다. 내가 평생 종사해온 직업이 불만족스러워서 그런 것이 아니라, 화가라는 꿈을 이루지 못한 것이 아쉽게 느껴졌기 때문이다. 나는 비록 가슴에 품은 꿈을 이루지 못했지만 긴 인생에서 아쉬움 없는 직업을 한번은 가져보길 바란다.

앞으로 다가올 인공지능 시대를 이끌어갈 주인공은 지금의 청소년 세대다. 인공지능 시대를 만끽하면서 살아갈 세대라면 주어지는 직업이 아니라 자기가 선택한 직업이 우선되는 시기

일 것이다.

주어진 직업이 다행히 내 능력과 비슷한 것이라면 나의 친지들처럼 사회적으로 성공할 수 있겠으나 주어진 직업이 내 능력과는 무관하거나, 있다고 해도 변변치 못했다면 성공하기는 어려울 것이다.

그래서 주어진 직업보다 내가 좋아서 선택한 직업을 선택하기를 권해본다. 인공지능 시대는 지금까지 우리가 살아왔던 가치관이나, 습관 같은 것을 송두리째 바꿔놓을 가능성이 크기 때문에 우리가 앞으로 선택해야 할 직업은 남이 정해둔 선택이 아닌 나 스스로 나의 능력에 맞는 그리고 나 자신이 삶에 만족도를 높일 수 있는 그런 직업을 선택해야 한다. 남이 내 삶을 대신 살아주는 것이 아니라 나 스스로 개척하고 헤쳐나가서 그 선택에 만족을 느껴야 하기 때문이다.

선택은 나의 주체성을 일깨우고 그 선택은 내 삶을 풍요롭게 만든다.

5

정직한 재테크

우리가 사는 사회는 자유시장 경제를 바탕으로 하는 자본주의 사회다. 자본주의 사회를 살아가자면 돈이 필요하다.

돈이란 존재가 삶의 1순위는 되지 못하겠지만 중요한 자리를 차지하는 것은 사실이다.

사회가 발전함으로써 우리에게 요구되는 사회적 경비 또한 옛날과는 다르다. 돈이 삶에서 얼마나 필요할까? 돈이라면 사람들은 다다익선이라고 생각한다. 그러나 다시 말하지만 과욕은 금물이다.

돈은 목적이 되면 불행하다. 돈은 삶을 값지게 만드는 수단이어야 한다. 이것이 정직한 재테크에 관심을 가져야 할 이유다.

이런 원론적인 내용을 지적하긴 했지만 나 자신이 돈에 관한 다른 사람들에게 조언할 만한 지식이나 경험은 가지고 있지 않다. 그래서 경제적으로 성실하다고 생각하는 친지에게 물어보았다. 그분은 나보다 훨씬 나은 조언을 할 수 있을 것이란 믿음이 있었기 때문이다.

돈이 삶을 살아가는 데 꼭 필요하고 중요하다는 것은 알겠는데, 어느 정도 가지고 사는 것이 현명한 일인지 물어보았다. 이분의 대답은 간결하고 명쾌했다.

"버는 만큼 쓰면 됩니다."

맞는 말이다. 그리고 당연한 말이다. 나는 이 말씀에 내 생각을 조금 더해서 이해했다. '버는 만큼'이라는 말을 능력만큼이라고 덧붙여 이해했으니 말이다. 사람은 능력에 따라 돈을 버는 한계도 다양할 테니 그냥 버는 만큼이라고 표현하면 그 한계가 좀 모호할 것 같다. 능력이란 사람에 따라서 천차만별이다. 기술에 능력이 있는 사람이 있는가 하면 학문에 능력에 있는 분들도 있고 마찬가지로 돈에 대한 능력을 특출하게 가진 분들도 있을 것이다. 그래서 그분이 하신 말씀은 간결하고 적절한 말이기는 하지만 아마도 그 말 뒤에 숨겨진 숨은 뜻이 있을 것이다. "과욕을 부리지 말라는 뜻이다."

그렇다면 내가 능력만큼이라고 표현한 것과 크게 다르지 않다. 좀 더 구체적으로 그 말씀의 뜻을 직접 들어본다.

"돈을 많이는 아니어도 어느 정도는 벌었다고 생각하지만 그래도 사람인지라 많이 벌고 싶은 마음은 늘 마음 한구석에 남아 있어요. 단지 내 능력이 여기까지인가 하면서 달래고 있기도 합니다. 욕심은 나를 망친다고 합니다. 그 욕심이 무엇이든지 간에 특히 돈에 대한 욕심을 부리면 나 자신을 스스로 망치는 지름길이라고 생각합니다.

　그래도 뭇사람들은 항상 돈을 좇아 힘들게 살아갑니다. 그게 우리의 일상을 늘 되돌이표로 만듭니다. 100원을 벌면 200원을 가지고 싶어 하는 그 마음은 인지상정이니 그래서 한도 끝도 없는 욕심을 죽을 때까지 버리지 못하는 것 같아요."

　말씀을 듣고 보니 어떤 유명인이 남긴 명언보다 더 지혜로운 명언으로 들렸다. 그런데 왜 사람들은 이 단순하고, 이해하기 쉬운 지혜를 실천하지 못할까?

　요즘 장관들의 청문회가 한참이다. 후보자 대부분이 돈 문제로 곤욕을 치르고 있다. 나는 우리 집에 와서 가사를 도와주는 도우미 아주머니에게 물어보았다.

　"아주머니도 저 후보자처럼 그런 지위에 있다면 어떻게 하시겠어요?"

　그분은 서슴지 않고 자기도 그렇게 하겠단다. 이 말을 들어보니 내심 나 또한 그런 유혹에서 자유롭지 못할 것이라는 생각이 들었다. 그렇게 해본 일은 없지만, 마음속으로 그렇게 해보겠다는 생각을 가졌으니 과욕이 아닐 수 없다.

　욕심이란 비단 돈에 국한된 것만은 아니다. 삶의 곳곳이 모두 욕심과 연관되어 있다. 하지만 무엇도 그 강도가 돈에 비길 바는 아니다. 욕심 가운데 가장 유혹적인 욕심이 돈이다. 정신과 교과서에도 이런 말이 나온다. 환자는 의사가 권하는 삶의 방향에 대개 수긍한다. 그리고 실천하는 사람도 많다. 자기 몸과 마음을 좀 더 유익하게 조언해주기 때문일 것이다. 그런데 그런 조언을 절대로 듣지 않는 것이 있다고 했다. 그것은 돈에 대한 조언이다. 누구나 돈에 대한 집착과 과욕이 따르기 때문에 쉽게 옳은 말이라고 하더라도 듣지 않는다는 것이다.

돈은 우리에게 약이 되기도 하고 독이 되기도 한다. 나는 친지에게서 들은 그 평범하고 단순한 명언을 오래도록 마음에 새기고 살고 싶다.

6
취미

아주 평범하다. 하지만 아주 중요하다. 우리 사회를 되돌아보면 지난날 산업화를 시작으로 인공지능 시대에 이르기까지 쉬지 않고 달려왔다. 그런 결과 지금과 같은 경제 성장을 이룬 것이다. 취미란 그때 그 시절에도 있었지만 지금은 본뜻과는 다른 의미로 자리 잡았다.

취미란 일과 달라서 의무와 책임이 따르지 않는다. 그럼에도 취미를 일처럼 즐겨온 것이 사실이다. 이제 시대가 변하여 취미와 일을 정확히 구분할 필요가 있다. 일처럼 하는 취미는 취미가 아니다. 역시 취미처럼 일하는 것도 일이 아니다. 취미는 긍정적이고 유쾌해야 한다.

나는 친숙하게 지내는 지인 한 분께 이번 휴가를 어떻게 보내는지 물어보았다.

"저는 이번 휴가를 나와 자신과 싸우기 위해서 계획을 세웠습니다."

"무슨 억하심정이 있어 그렇게 싸울 일이 있었나요?"

"억하심정이요?"

"그런 것은 없습니다. 전부터 하고 싶고, 걷고 싶어 생각했던 것을 실천에 옮기는 것이었어요, 부안에 있는 마실길 1~8코스까지요 배지도 준다고 해서 욕심도 나고요.

또 하나는 젊은 날의 체력과 지금의 내 체력이 어디까지 이겨내는지를 알고 싶었습니다. 그런데 역시 무리였습니다. 하지만 이왕 시작했으니 끝을 보자는 마음으로 뜨거운 태양 아래 발끝의 그림자를 쫓아 이 생각, 저 생각하면서 걷고 또 걷다 보니 참 다양한 느낌도 받았고, 너그러운 도움도 받았습니다. 아직은 우리네 인심이 식지 않았구나! 싶었죠.

이유인즉슨 너무 덥고 다리도 아파 마침 정자에 모여 있는 분들이 보이더라고요. 그래서 은근 욕심을 가지고 혹 물이라도 얻을 수 있을까 하는 마음에 지친 발길이 이끄는 대로 찾아간 그곳에는 저에게 크나큰 용기와 살아 있는 정을 주었습니다. 시원한 얼음물도 주시고 배고프니 고구마도 먹으라고 주시고, 시원한 커피도 주시니 그 고마움 이루 말할 수 없었습니다. 이게 무한히 주는 나눔이라는 것을 깨닫는 순간이었던 것 같습니다. 그건 바로 정이었습니다.

비록 목표한 바는 다 마치지 못했지만, 힘듦의 순간순간만큼은 저에게는 커다란 울림이었던 거 같아요.

작은 마음에 잔잔히 퍼지는 울림이었습니다. 할 수 있을 때 실천할 수 있는 그런 사람이 되자는 작디작은 울림이지요. 그래서 가족들의 반대에도 무릅쓰고 시작했나 봅니다.

다리가 아프면 가다 쉬고, 벗은 신발 밖으로 나온 발을 보고 너 참 주인 잘못 만나 고생한다고 자책도 해보고, 배는 고픈데 먹을 곳도 먹을 것도 없이 물만 벌컥벌컥 마시고, 졸리면 정자 그늘에 누워 한잠 청하며 잠시 지친 몸을 쉬게 해주고, 비가 오면 우비를 입고 떨어지는 빗방울 소리에 장단 맞추어 흥얼거리기도 하고… 그런 시간이었습니다. 이제 반을 했으니 다음에는 마무리 지어야겠지요. 그게 이루어야 할 목표이고, 이루어야 할 나와의 약속이라면요."

"그것이 선생님의 일이 아니라 누가 시켜서 하는 일이라면 그렇게 하시겠어요?"라고 질문했더니 명쾌한 대답이 돌아왔다.

"안 하지요."

나는 그분의 풍요로운 체험담을 듣고 취미란 것을 설명하기 위하여 군더더기를 붙일 필요가 없다고 생각한다.

⑦ 그럼에도 불구하고

이 단어는 내가 입버릇처럼 해온 나의 키워드다. 삶을 살다 보면 어찌 즐거운 일만 있겠는가. 많은 좌절과 실패 그로 인하여 생기는 무력감을 경험하지 않은 이는 없을 것이다. 그런 분들에게 꼭 해주고 싶은 말이다. 하늘이 무너져도 솟아날 구멍을 찾자는 뜻에서.

나는 3박 4일로 휴가를 갔다 왔다. 즐겁게 다녀올 예정으로 준비한 휴가인데 기분이 좋지 않았다. 기분이 저조해진 이유는 슬픈 소식을 들었기 때문이다.

옛말에 무소식이 희소식이라는 말이 있는데 그날만큼은 틀린 말이었다. 오래도록 소식이 없었던 후배와 동기생 한 분이 타계했다는 소식이었다. 슬픈 감정도 있고, 허무한 감정도 있고 여러모로 의기소침했다. 이런 무력감을 가지고 여행을 간들 무슨 즐거움이 있을까 싶었다.

그러다 문득 내가 입버릇처럼 다른 분들에게 권유했던 말이 생각났다.

"그럼에도 불구하고."

그래서 여행지에 도착해 인근에 사는 지인들을 찾았다. 다행히 세 분이 연락이 닿아 만나기로 약속했다. 한 분은 평창에서 사는 분이다. 43년 만이다. 또 한 분은 강릉에 사시는 분인데 20년 만이다. 또 한 분은 주문진에 사시는 분으로 꼭 10년 만이었다. 다음 날 세 분을 시간 차이를 두고 만났다. 만난 분들의 세월을 합하면 모두 73년이다. 우리는 만나서 그때 그 이야기를 늘어놓고 8시간 동안이나 수다를 떨었다. 나는 두 귀와 입을 활짝 열고 즐겁게 듣고 즐겁게 말했다.

신통한 것은 첫 만남의 그때 그 상황을 시시콜콜 서로 늘어놓았지만 모두 중첩된 말이었다. 그러니 공감대가 쉽게 형성되고 그때 그 시절로 돌아간 듯 즐겁고 유쾌했다.

떠날 때 느꼈던 슬픔이나, 허무감, 우울감 그래서 생긴 의기

소침한 생각은 어디론지 사라지고 43년 전 그 옛날과 20년 전 시절을 만끽했다.

구원투수로 '그럼에도 불구하고'를 처방한 것은 잘한 일이었다. 그 구원투수가 없었다면 나는 휴가를 떠난 3박 4일 동안 허무감과 우울감에 쌓여 기운을 차리지 못했을 것이다. 이 구원투수의 덕분으로 휴가를 마치고 돌아와서도 그 여운이 길게 남았다.

참 아이러니하다. 슬픔이, 외로움이, 허무함이, 우울감이, 이 마음에 남아 있던 그런 일들이 8시간 만에 스르르 녹아내렸다니 믿기지 않는 순간이었다.

우리는 행복한 시간을 어떻게 찾을지 고민한다. 이날 나의 경험을 보면 행복이 그리 멀리 있지 않고 손을 뻗으면 닿을 수 있는 내 곁에 있었던 모양이다. 큰 행복을 찾으려 마음고생하지 말고 내 주변에서 나를 위로하고 즐겁게 해줄 그런 작디작은 행복을 찾아가는 여정을 다시 시작했으면 한다. 그럼에도 불구하고라는 말과 함께.

8

반성과 용서

반성과 용서는 어렵겠지만 꼭 필요하다. 어렵지만 그 굴레에서 벗어나면 자유로운 삶을 얻을 것이다.

먼저, 반성이 없는 삶은 진정한 삶이 아니다. 자기 언행에 대한 잘못이나 부족함이 없는지 돌이켜보는 반성은 인간만이 갖는 특이한 생각일 것이다. 그래서 인간답게 살자면 반성이 꼭 필요하다.

우리가 자신의 삶을 반성할 수 있다면 참회라는 단어가 저절로 따라온다. 참회란 자기의 잘못에 대하여 깊이 깨닫고 고백하는 것이니 반성이 선행되지 않고는 따라오지 못하는 단어다.

《탈무드》에 나오는 "참회하는 자에게 그 전의 죄과에 대하여 생각하게 하지 말라"라는 구절은 참회에 이른다면 과거를 묻지 말라는 뜻도 된다.

여기에 자연스럽게 엮이는 게 있다면 용서라는 단어다. 용서란 지은 죄나 잘못에 대하여 꾸짖거나 벌을 주지 않고 너그럽게 이해하는 것인데 이 또한 반성과 참회가 있는 삶을 살아가는 사람들에게만 주어지는 선물이다.

이렇게 적고 보니 반성과 참회 그리고 용서는 한 줄에 묶여 있는 공통어다. 반성이 없다면 참회가 있을 수 없고, 참회가 없다면 용서라는 말은 존재하지 못할 것이다. 언뜻 수학 공식처럼 느껴진다. 좀 더 깊이 생각해본다면 우리의 삶은 꼭 이 공식이란 격식에 들어맞지는 않는다. 반성이 있다고 해서 반드시 참회가 따르는 것은 아니다. 참회할 기회가 주어진다는 뜻이다. 마찬가지로 용서라는 것도 기회를 주는 것이니 스쳐 지나가는 기회를 잡고 실천적인 행동으로 옮기는 사람은 저 공식을 체화하겠지만 기회를 그냥 스쳐 보내버리는 사람이 있다면 그에게는 체화의 선물은 받지 못할 것이다.

내가 단어 하나하나에 이렇게 생각을 정리하는 이유는 요즘 와서 불쑥불쑥 과거의 일들이 의식 수준으로 떠오르는 경우가 심심치 않기 때문이다.

나는 지난 삶에서 반성과 참회 그리고 용서에 이르기까지 이루었다고 생각하는 몇 가지들이 있는데 이루었다면 내 마음속에서 지워져야 옳고 그로부터 자유로워야 할 처지인데 그것이 아직도 남아 불쑥불쑥 의식 수준으로 떠오른다니 놀랍다.

그러니까 내가 반성을 통하여 잘 정리했다고 믿고 있었던 그것조차 완전한 것이 아니었다는 늦은 통찰이다. 어떻게 보면 진정한 반성이라기보다 반성의 무늬만 지닌 참회와 용서일지 모르겠다. 무늬만을 가지고도 해결했다는 믿음을 가지고 살아왔으니 어쩐지 놀랍다.

반성과 참회, 용서했다고 믿고 살아온 것이 새삼스러운 기억
으로 남아 있으니 또 하나 깨달은 건 그런 경험들은 절대 지워
지지 않는다는 것이다. 지워지지 않고 잠재할 뿐이다. 잠재되
어 있다고 하더라도 잠재된 그 기억들이 내 삶에 크게 영향을
주지 않는다면 무늬뿐인 반성과 용서만으로 삶을 온당하게 살
아갈 수 있다는 것 아닐까.

서양 속담에 "반성하고 용서하자. 그러나 잊지 말자"라는 말
이 있는데 잊지 말자는 말이 지금 내가 생각하는 잠재된 흔적
과 맥을 같이하는 느낌이다. 나는 평소에 용서라는 말을 남을
용서하는 데만 국한하지 말고 자신의 들보를 먼저 용서하는 습
관을 들여보자고 말한 적이 있다. 지금도 자신이 자신의 마음
을 객관화시켜 들보를 볼 수 있는 훈련이 선행되지 않고는 용
서에 이르기는 어려울 것 같다. 먼저 나를 객관화하여 객관화
된 그 마음을 직시하면서 용서하는 법부터 먼저 훈습해보자.

슬픔에 잠긴 이들은 그 슬픔을 보이지 않으려고 혼자 속으로
운다. 그 슬픔이 과거에 대한 후회든, 아니면 현재에 지친 그런
마음인지는 모르겠지만 그러지 말고 울고 싶거나 괴로울 때,

반성하거나 용서를 구할 일이 있을 때면 참회한다는 마음으로 엉엉 소리 내 울어보자. 남이 들을 수 있도록.

그러다 보면 지난날의 반성도 하게 되고 그 반성에 대한 용서도 구할 수 있지 않겠는가. 그러다 보면 어느 순간 나를 돌아보며 답답했던 마음의 고통이 뻥 뚫리지 않겠는가. 그게 나를 용서하는 길이고 그게 지나온 날들에 대한 반성이 되고 앞으로 참회를 할 수 있는 기쁨의 아우성이 된다.

절대 속으로 울지는 말자. 남이 알아주지는 않더라도 소리 내 울어보자.

(9)
사회변동과 계획

지금은 백세 시대를 살고 있다. 그 백세 시대를 인공지능 시대로 살고 있다. 일에만 몰두하다 보면 사회변동의 방향이나 속도를 감지하지 못할 때가 많다. 지금의 인공지능 시대는 사회의 질과 변동의 속도가 격변하는 시기다. 주변의 환경을 인식하는 기회를 놓친다면 어렵지 않게 낙오자가 되고 만다. 사회적 흐름을 예의 주시하면서 걸맞은 미래 계획을 짜보면 어떨까.

나는 1995년 회갑을 맞이하면서 정년 퇴임 이후 삶을 어떻게 살아가면 좋을까 생각해본 적이 있다. 그때까지 살아온 내 삶의 궤적을 보면 주어진 조건에서 적응만 하면서 살아왔다. 그 조건들이 만족스럽든 그렇지 않든 모두 감내하면서 살아왔다. 그런데 정년 이후가 되니 지금까지 살아왔던 방식과는 다른 삶을 살아보고 싶어졌다. 이전의 삶이 주어진 조건에 의해 살아간 삶이었다면, 미래의 삶은 내가 그 조건을 만들어 내 의지와 맞는 방향으로 자유롭게 살아보고 싶었다. 그래서 표면적으로 계획한 것은 곱게 나이 드는 것이었다.

즉, 스마트 에이징이었다. 그때 계획한 대로 정년 이후의 삶을 마음껏 즐겼다. 그런데 이 스마트 에이징을 계속해서 충족할 수 있는 조건이 점점 사라졌다. 물론 나이가 든 탓도 있겠지만 예기치 못했던 사회적 변동이 엄청나게 빠른 속도로 변해가고 있어 이에 따라갈 수 있는 능력이 모자란 것도 있었다.

서양 사회에서는 18세기 이후 산업혁명이라는 획기적인 사회변동을 통하여 지금까지 꾸준한 변화를 이어오고 있다. 이에 비해 우리나라는 1960~70년대 이후 산업화가 시작되었으니 서양보다 한참 뒤진 발전이었다.

그런데 놀라운 것은 이 산업화 과정 이후 중공업 시대, 정보화 시대를 거치면서 지금의 인공지능 시대를 맞았다는 점이다. 유례없는 압축성장이다. 이 압축성장이 의미하는 것은 짐작할 수도 없는 급격한 사회변동을 수반하고 있다.

나는 농경시대에 태어난 세대다. 산업화를 거치면서 밤낮없이 일에 몰두했고 뒤따라오는 정보화 시대를 거쳐 인공지능 시대에 이르렀다. 한 시대에 적응하면서 삶을 즐기기도 전에 또 다른 사회를 맞았으니 뒤쫓아갈 재간이 없다. 1973년 교수 연수회에 갔을 때 초청 강사의 충격적인 강연을 들었다.

"교수님들은 문맹자입니다."

나는 이때를 시작으로 그가 지적하는 디지털 문맹자에서 탈출하기 위해 컴퓨터와 일찍 친숙해졌다. 그 덕분에 내 또래의 교수 중에는 앞서간 교수 생활을 할 수 있었다.

그런데 인공지능 시대에 들어와서는 내가 익힌 그 컴퓨터 실력으로도 적응하기가 쉽지 않다. 물론 그때 비하여 지금의 나이가 많아진 것도 있겠지만 급격한 사회변동도 한몫 한다.

그래서 지금의 나는 1973년에 들었던 "교수님들은 문맹자입니다"라는 말을 지금 와서 또 듣게 된 셈이다. 지금의 급변하는 사회변동 속도에 내가 적응할 힘이 모자라니 이젠 그 말이 실감이 난다.

이런 경험을 길게 적은 까닭은 독자 여러분들은 특히 젊은 분들은 이런 사회적 흐름을 한시도 놓치지 말라는 조언을 하고 싶어서다. 나처럼 적응하고 싶어도 적응할 수 없을 때가 올 때까지.

아무리 사회가 급변한다고 하더라도 그 급변하는 에스컬레이터에서 웬만하면 내려오지 말라는 이야기를 하고 싶다. 사회변동이 빠르면 빠를수록 잠깐의 내려옴이 치명적일 수 있으므로 그 흐름을 절대로 방관해서는 안 된다.

앞으로 인공지능 시대가 또 어떻게 급변할지 예측하기도 어려운 상태이니 주변을 살피는 일을 게을리하지 않기를.

아무리 좋은 삶의 계획이라고 하더라도 사회변동과 동떨어진 계획이라면 이루어내기 어려울 것이다.

나눔

이 단어도 내가 자주 쓰는 키워드다. 사람은 혼자 사는 것이 아니라 모여 사는 사회적 동물이기 때문에 주고받는 소통 없이는 생활하기 어렵다. 지금까지 고된 삶을 살아오면서 많은 나눔을 가졌지만 정작 중요한 자기 자신에게는 나눔이 소홀했다. 이제 나를 칭찬해주고 위로, 격려해주는 나눔도 아끼지 말자.

나는 이와 관련한 두 가지 극단적인 환자를 경험한 적이 있다. 한 분은 자기는 가진 것이 없으므로 다른 사람에게 나누어 줄 것이 아무것도 없으며 다른 이에게 나눔을 받아본 적도 없다고 주장하는 사람이다.

반대로 자기는 일생 봉사라는 이름으로 나눔을 실천하고 살았다고 말하는 사람이었다. 이 두 사례 모두 나눔에 대해 오해를 하고 있다는 생각이다.

우선 앞의 사례를 보면 환자가 나누어 줄 것도 없고 나눔을 받아본 적도 없다는 주장인데 정말 그럴까?

우리는 숨을 쉬고 산다. 숨을 쉬지 못하면 죽음에 이른다. 그런데 이 숨 쉬는 공기를 우리 일상에서 나눔이라고 생각해본 적이 있는가? 아마도 없을 것이다.

숨이란 그냥 쉬고 내뿜으면 되는 일상으로만 생각한다. 그러나 이는 자연과의 나눔이다. 들이마실 때는 우리에게 필요한 산소를 공급받고 이산화탄소를 내뿜어 다시 자연에 돌려준다.

다른 예를 들어보자. 우리는 매일 하루 세끼 밥을 먹고 산다. 밥을 먹어야 활동할 수 있는 에너지를 얻기 때문이다. 그분 말을 들을 것 같으면 남에게 신세 지는 일은 없다고 했으나 그 밥은 어디에서 온 것일까? 농부가 땀 흘려 지은 곡식이 없다면 우리가 어찌 밥을 먹을 수 있겠는가? 그 하나만으로도 다른 사람의 신세를 진 것이다.

곡식은 일정한 돈을 지급하고 샀을 것이다. 돈을 지급했다는 것 자체가 다시 나눔이다. 그러니 그분의 그런 주장은 나눔이라는 진정한 뜻을 이해하지 못한 데서 온 것일 것이다.

후자의 경우는 듣기에는 정반대의 사례다. 일생 봉사라는 이름으로 자기 말대로 희생을 했으니 장한 일이다. 봉사란 국가나 사회 또는 남을 위하여 자신을 돌보지 않고 애쓰는 것이다.

자기를 돌보지 않는다는 말에 주목해야 한다. 봉사하는 주체가 자기 자신일 텐데 자신을 돌보지 않고 희생한다면 돌봄의 주체가 사라지는 것이 아닌가.

어느 날은 한 지인에게 요즘 어떻게 지내는지 안부를 물었다. 그분은 교직 생활을 할 때나 정년퇴직 후에도 노인들을 위한 요양원 봉사를 쉬지 않고 했던 분이다.

전화를 통하여 안부를 물으면서 지금도 봉사를 계속하고 있느냐고 물었다. 그의 대답은 그렇단다. 그렇긴 하지만 지금은 나 자신을 위한 봉사를 하느라 바쁘단다. 그동안 혼신했던 신체를 돌보지 않았던 탓에 몸이 탈이 나고야 말았단다. 그래서 늦었지만 자기 자신을 위한 봉사에 집중하고 있다고 했다.

나는 그의 말이 백번 옳다고 생각했다. 이런 이유로 봉사의 끝머리에 붙은, 자기를 돌보지 않는 희생이라는 말에 약간의 거부감이 들었다.

이 사례를 통해 나는 두 가지를 알아차릴 수 있었다.

하나는 사람이 살아가는 삶은 나눔이 아닌 것이 없다는 것이다. 자연과의 나눔도 있고, 서로의 삶에서 나눔도 있고 되돌아보면 전부 나눔이다. 그런데 사람들은 대개 나눔이라고 하면 경제적인 나눔을 먼저 생각하는 것 같다. 경제적인 나눔은 삶의 수많은 나눔 가운데 하나일 뿐이다. 첫 번째 환자는 이런 사실을 알지 못하고 경제적인 것만이 나눔이라는 잘못된 인식을 하고 살아온 것이다.

나는 이를 일깨워주고 싶다. 사람이 삶을 살아가는 그 자체가 나눔의 총합이라고.

다른 하나를 알아차린 것은 내 지인과 나눈 대화 덕분이다.

이제 자기 자신을 대상으로 나눔을 실천하고 있다고 한 말이 마음에 깊이 남는다. 봉사라는 것도 측은지심을 가지고 고통받는 사람들을 돕는 일일진대 돕는 주체가 돕는 일로 인해 건강을 잃는다면 그것은 바람직한 나눔이 아니다.

그래서 권해보는 말인데 봉사하는 주체가 누구인가를 확실하게 인식하자. 먼저 봉사의 주체인 자신에게 나눔을 선행해야 한다. 흔히 생각하는 그런 이기심과는 다른 차원이다. 자신의 건강을 돌보지 않고 봉사할 힘이 어디에서 나오겠는가.

물고기 한 마리를 잡아주면 하루를 먹고살지만, 물고기 잡는 법을 가르쳐주면 평생 먹고살 수 있다는 중국 속담이 있다. 우리는 한 마리 물고기를 주는 것만이 봉사라고 생각한다.

위에 든 두 사례를 통해 알 수 있듯 사람의 삶에서 서로 주고받는 것이 많고 많다면 속담처럼 물고기 잡는 법을 가르치고 배우는 참된 의미의 봉사를 실현할 수 있을 것이다.

어떻게 잡고 어떻게 나눌 것인가 하는 것은 물론 각자의 몫이다. 나눔이라는 말을 편협하게 생각하지 말고 넓게 생각해보자.

아침에 눈을 뜨면서 이런 말을 나에게 스스로 해보라.

"세상이 오늘도 나를 위해 이 시간을 주었구나! 고맙다. 그리고 감사하다."

작디작은 그곳에서부터 시작하는 것이다. 결코, 클 필요가 없다. 나부터 나를 위하는 따뜻한 말로 시작한다면 그날 하루의 일상이 모두 나눔의 일부가 될 것이다. 단순하다.

"고맙다, 감사하다. 사랑한다. 내가 받은 사랑을 남에게도 베풀 수 있는 이 시간이 행복하구나!"라고.

KI신서 14033

오십부터는 단순하게
사는 게 좋다

90세 정신과 의사가 깨달은 늙지 않는 마음의 비밀

1판 1쇄 발행 2026년 1월 28일
1판 2쇄 발행 2026년 2월 25일

지은이 이근후
펴낸이 김영곤
펴낸곳 ㈜북이십일 21세기북스

출판1본부 본부장 장미희
서가명강팀장 양으녕 **책임편집** 이정미 **마케팅** 김주현
디자인 room501
출판1본부 마케팅 남정한 김윤
마케팅영업부문 정지은 장철용 강경남 황성진 김도연
제작팀 이영민 권경민

출판등록 2000년 5월 6일 제406-2003-061호
주소 (10881) 경기도 파주시 회동길 201(문발동)
대표전화 031-955-2100 **팩스** 031-955-2151 **이메일** book21@book21.co.kr

ⓒ 이근후, 2026
ISBN 979-11-7357-733-8   03810

(주)북이십일 경계를 허무는 콘텐츠 리더

21세기북스 채널에서 도서 정보와 다양한 영상자료, 이벤트를 만나세요!
페이스북 facebook.com/jiinpill21   포스트 post.naver.com/21c_editors
인스타그램 instagram.com/jiinpill21   홈페이지 www.book21.com
유튜브 youtube.com/book21pub

당신의 일상을 빛내줄 탐나는 탐구 생활 〈탐탐〉
21세기북스 채널에서 취미생활자들을 위한 유익한 정보를 만나보세요!

* 책값은 뒤표지에 있습니다.
* 이 책 내용의 일부 또는 전부를 재사용하려면 반드시 (주)북이십일의 동의를 얻어야 합니다.
* 잘못 만들어진 책은 구입하신 서점에서 교환해드립니다.